水都眩光

suito genko

幻想短篇アンソロジー

文藝春秋

目次

装幀　ミルキィ・イソベ
本文レイアウト　安倍晴美（ステュディオ・パラボリカ）

水都眩光

幻想短篇アンソロジー

ラサンドーハ手稿

takahara eiri

高原英理

私の母方の祖父、山城《やましろ》倖四郎《ゆきしろう》は若い頃、戦前の東欧で暮らした経験があり、ある地方の、今では消滅した小国の言葉に詳しかった。帰国後、亡くなってずいぶん経つが、昨年、代々使用していた蔵の整理中、長持《ながもち》の奥から、祖父が翻訳したと思われる文書が見つかった。表紙に「ラサンドーハ手稿」とあり、山城倖四郎訳とあるが、作者の名が記されておらず、祖父が何を考えてこれを翻訳し、未発表のまま保存していたかは知れない。以下にそれを公開する。

＊

アルヴィラは何度もヴォフロ街について語った。グルーネージアの首都ラサンドーハの西第四地区にあるヴォフロ街は昼なお暗い。夕暮れには仮面の人々が立つ。人なのか、亡霊、あるいは精霊なのか。そんな話を繰り返し聞いた。今では自分の記憶のように語ることができる。

先の知れない、薄暗い、そこにいくつもいくつも続く、細い石畳の道を挟む両側の建物が、それは何百年にもわたって建て増しを続けられて階を重ね、どれも六階くらいまである。しかも多くの個所には岸壁にへばりつく藤壺のように、道に面した壁に小さな部屋を張り出させて無理に後付けした結果、両側の建物が四階か五階のあたりで接してしまい、双方から支え合う形の天井ができている。

たまたま上部で両側の接しない、無欲な建物のあるところで仰向けば矩形の空がのぞいた。だが多くは灯りもない薄暗い細い洞窟だ。それが十メートルも行かないうちに曲がり、また曲がり、先も見通せず、かろうじてまっ暗にならない明度の低い明かりがたまにあるくらいの小路が、いくつにも枝分かれし、慣れない者は必ず迷ってしまう。迷うのは、直角の曲がり角が少なく、九十度曲がったと思っているとそうでなくて、結果、方向を思い誤ってしまうことにもよった。

ほぼすべての建物は石造りで、地震の少ない土地だったため、こんな不自然な区域もできてしまったのだ。大昔からある住宅には大抵、地下室あるいは半地下の部屋があって、歩く足許すれすれのところに明かり取りの窓が開いていた。そうした窓はどれも高さ十センチ程度で横広、赤黒く錆びた鉄の格子が嵌っている。一度は牢獄として使われたこともあるだろうと思われるような、入ったら出られないと想像されてならない狭く暗い空間がその向こうにある。といって、実際には食糧倉庫程度のものだったのだろう。洩れるほんの僅かの明るみが気になって覗き込むと、奥にいる誰かと眼が合ったりもし、そういうときは慌てて顔を上げ、立ち去った。

壁はもと白か灰色だったことが端々からわかるものの、ほとんどが汚れて黒く、人の手の接するような曲がり角の出っ張ったところでは汚れたなりにつるつると黒光りしていた。思い思いに塗り分けられた鉄枠の窓がひとつずつ異なった様式で、高さはだいたい同じに並んでいたが、それもひとつ通りを違えると微妙に高い位置だったり低い位置だったりした。一階二階の窓はとても規則的に並んでいたが、三階以上になると、不規則に、全く意外な高さ意外な位置にあって、そこから上の建て増し部分の無秩序な構造が外からもうかがえた。一階・二階の窓の多くは内側のレースのカーテンで奥が見えなかったが、窓際に置いた缶や瓶、花瓶、置き物といったものが透けて見えた。ときに猫も座っていた。

ひどく道幅の狭まったところでは、たまたま外開きの扉が開くと、その間通行止めになった。道が扉の幅しかないからだ。そういったところは道というより回廊のようにも思え、すると外を歩きながらいつの間にか誰かの家の中に入り込んでしまっているような錯覚に襲われた。

ヴォフロ街の影は光の欠如ではなく、明るみを蝕む不定形の生き物のようである。影はその内に、意図を知ることの難しい念のようなものを育てている、とアルヴィラは言った。

夕暮れ、人々が帰路を急ぐ頃、一層濃くなった影の中から顔が浮き出始める。路地の、また、隙間の、曲がり角の、特に闇の深い場所には、ちょうど人の背の高さくらいのところにほっと仮面が浮かび上がる。街のあちらこちら、金色の、あるいは銀色の、また鉄色、銅色、青銅色の、布製の、紙製の、陶器の、ガラスの、木製の、顔が浮いている。多くは実際の人の顔を模したものだが、中には写実を離れた、様式的な、華美な、ときに幾何学的な、あるいはどこかを誇張した、または故意に怪物的な形にしたものも交じる。

仮面たちは人が通りかかると声をかける。人間ひとりひとりの個性が異なるように、仮面にもそれぞれ違った性格があり、その言葉に共通の話題や意志があるわけではない。厳かな、可憐な、重々しい、軽薄な、囁《ささや》くような、諭すような、呻くような、打ちあけるような、朗らかな、陰気な、色の異なる声々の寄せる波が来る。

「聞け」と命ずる神の面、「聞いてくれないか」そんな言い方で呼びかける老人の仮面、「いい話があるんだが」と親しげに話しかける若者の仮面、「少しお話ししませんか」と気弱に告げる娘の仮面、など、あるいは、「おい、ただで通れると思うなよ」と脅す悪魔の面、「にゃあ」と鳴く猫の面、など、など。

長い髪の下の布製の女の仮面が親しげに身の上話をし続ける。適当なところで「なるほど、じゃあ」と言って去らないといつまでも続く。

中年くらいの男の顔をした黒い鉄の面が、現在の政治状況を批判する。「はいそうですね」と聞いていないと機嫌を損ねる。だからあまり誰も立ち止まって聞こうとしない。ひどく恐ろしげな悪鬼の面が「わかってくれ、本当は俺は」と、自分が心優しい人情家であることを訴えていた。

逆に目尻の下がった、道化の面が、「俺はふざけていない、真剣なんだ」と叫ぶ。樫の木でできた老人の仮面が昔の懐かしかったことをぽつりぽつりと語るのは聞いていて楽しく、つい、長くとどまってしまう。

子供の面もある。幼い声で訴える、昨日聞いた友人の話や動物のこと、絵本で知った話などなど。

あるとき、とても愛らしい、幼女の面が「ここは怖いの」と話しかけてきたので耳を傾けたら「ここで、わたしは、怖い男の人に襲われた」と言った。

仮面だから表情は変わらないが、そくそくと怯えが伝わるようだった。

いかにも弱い声、数歳ほどに見えるあどけない、小さい白い滑らかな陶製の面、しかしどうしてかその顔の高さは大人の位置にあり、そして面よりずっと下の方の闇の中に何か赤黒いものが突き出て見えた。それはどうも裸体でいる男の男根のように思えたのだが。

暗い路地のとりわけ奥深くでのことだ。装飾的だがひどく厳しい表情の銀の仮面が、アルヴィラに「教えたい」と言った。とどまると語りだした。

「この街の空の上に、天を突き刺すような、大きな三角の輝く鋼板が無数に捩《ねじ》れ合ってできた塔が見えることがある。それがムゼウーマ・モディリだ」

ムゼウーマは塔、モディリは刻み、分解することを意味する。銀の仮面は、そこへ行けば、幾多の魂のつづまりをひとつひとつ辿ることができると言った。


バスはフラフスの中心街、出入国在留管理局のあるキレル通りへと進んでいた。ふと言葉を交わす気になったのはなぜだったろうか、「どこへ」と隣席に座っていた少年から問われたので、その場限りをよいことに管理局へ向かう理由を告げた。僕は隣の国から来た女性を帰化させるため、自分との婚姻届を提出しに行くのだ、と。亡命の申し立ては難しいそうだからね。結婚による帰化ならそれよりは容易《たやす》い。グルーネージアにクーデターが起きて半年経った。自分に関係してくるとは思わなかった、とそんな話をした。

「グルーネージアってどんな所？」と問われたので自分が知るだけのことを話した。

建物の狭い間を縫う通りの、空に開いた狭い天窓のような所から、ゆっくりと高くを移動してゆくそれを何度か見た。白色か銀色だった。同時にいくつか飛んでいることもあった。飛行船だった。それを覗く天窓が狭すぎて全体は見えなかった。

自殺に飛行船を用いることを考えた人がいたのを知っている。

いろいろと考えた結果、とその人は言うのだ、確実で簡単で、やりようによっては比較的苦痛も少なく、死体の惨状以外は周囲への迷惑も最小で済む首吊りがやはり一番だろう、だが、私の気持ちとして、とその人は続けた、死体が後で見つかるのも嫌なんだ。首を吊った死体というのは汚いらしい。まず糞尿で汚れている。涎や鼻水も出っぱなしで顔もひどく歪んでいる。死んだ後のことなんか知ったことではないとはいうものの、そういう汚物として人に晒されるのを考えると、なんとか誰にも見つからない所で果てたいと思う。

人知れない山奥で首を吊ればよいだけとも思うが、絶対発見されないとは限らない。そこで山より海だよ、なおかつ、空、かな、とその人は言うのだ、太平洋か大西洋の真ん中でぽつりと空から落ちる、そのためには飛行船がよい。飛行機では操縦を誰かに頼まなければならないし、自殺に協力してくれるパイロットはいないだろう。最近の飛行船なら自分一人で乗り込んで、海の上まで達したところで停止させることができるし、その後は船体の一部に仕掛けた爆薬で中の水素ガスを爆発させて、海に落とすこともできる。

やり方はこうだ、まず、手にある財産の大半を使って十分立派な飛行船を手に入れる。さまざまに行き届いた設計をオーダーすればよい。

準備を整えて、海へ乗り出そう、四方に陸が見えなくなったところで動力を止め、爆薬の時限装置を起動させる。二、三時間くらい後に爆発するよう予め設定してある。

次に客室の中央に設けた太い柱に丈夫なロープをくくりつける。その一方が輪になっていて、これを自分の首にかける。

首吊りも、頸動脈が絞められて脳に酸素がゆかなくなる場合には気を失うようにして死ねるそうだが、先に呼吸ができなくなって死ぬのは苦しいと聞く。だから、首にロープをかけた後、睡眠薬を飲んで、そのまま眠ると何十分か後に自動的に床が落ちるという仕掛けを用意しておくのが理想的だ。機械に頼るのはやや不安だが、といって自分一人だけでやることとなのだから、最小限の部分は仕方ない。

ついでに、蓄音機も用意しておいて、首絞めの仕掛けを整え睡眠薬も飲んだ段階で、レコードをかけることにしよう。その曲が終わる頃に床が開いて私は眠ったまま絞首される。曲はそうだな、私は娯楽音楽をあまり聞かないが、ここで大げさなレクイエムや宗教曲はやめよう。起伏の激しいロマン派の音楽も望ましくない。できるだけギャラントなバロックの室内楽がいいだろう、フランソワ・クープランの「王宮のコンセール」なんて優雅でいいんじゃないかな。

ラサンドーハからミュンヘンを経て西へ千キロばかり進めば大西洋へ出る。自殺志願者は時速五十キロで移動する硬式飛行船を得て、ラサンドーハ市街の、教会以外ではとりわけ高い建物の屋上から出発した。アウグスブルクの上空を通りドナウ川、ライン川の先、フランスを横切って、十数時間でビスケー湾に到達する。さらに五時間も進めれば、陸の見えない所まで行ける。

志願者は窓から下に見えるのが海ばかりと知ると、エンジンを停止させ、操縦室を離れた。首に縄をかけ、かねて用意の高価な赤葡萄酒とともに睡眠薬を口にした。やがて眠くなり、ベッドに横たわるとしばらくまどろんだ。

夢に湖を見た。


特別の夕刻、影に重みの強い土地の空にムゼウーマ・モディリは現れる。おびただしい、大きな、大小不揃いで不等辺三角形の輝く金属板を、三方もしくは四方、五方から貼り合わせて作ったと見えるような、不均衡、不安定で危うい、しかし、確固として天上を突き刺そうとする形で立っている。窓らしいものはない。塔は上方ほど細く、下へゆくほど広がる形だが、見えるのはその途中から上だけで、市街に接する筈の最下部は見えない。

かつてこれを見た、心に隙間を持つ富裕な人々は、いくつもいくつも飛行船や気球を仕立てて、街の空を浮遊した。辿り着けば別の自分に成れると聞いたからだ。誰が教えたのか。おそらく仮面に相違ない。本当なのか、誰もわからなかった。だが、確かに嘘ではない。私が証拠だ。

長らくヨーロッパのあちこちに、あるいは世界中に「自分でありたくない、自分を逃れたい」と願う病が蔓延していた。原因は知らない。あるエルベニアの作家はこう言った、

「悪夢とは何だろうか。それは、個があくまでも個の中に閉じ込められている、逃れ難さへの恐怖ではないか。

魔物に追われる、断崖から落ちる、水底へ引き込まれる――いずれの場合でも、夢を見る者は死そのものよりも、断末魔の瞬間まで私が私であることに、私が私の中から脱しえないことに、魘《うな》される。

あるいは、人は夢の中で、私が私でなければ、と絶えず願っている。この私はじつは私ではないのだと思おうとする。この願望が、現実よりむしろ救い難い夢の恐怖の正体なのかもしれないのだ」

病む人々は、微かな、薄曇りの空のあわいに見えるムゼウーマ・モディリこそ、閉ざされた自己を開き、見たこともない新たな自分を引き出してくれる、終わらない夢を破る場と信じた。だが、飛行船はただひとつを除いて、ムゼウーマ・モディリに到達しなかった。

ムゼウーマ・モディリはやはり蜃気楼だったのだろうか、近づこうとしても遠ざかるばかりで、ヴォフロ街の上かと思えばより西方、西から近づいた者にはより東方に、さらに向こうのトリステ山の先、もっと進めばもっと向こうに、もっと上空に、徐々に消えかけながら望まれ、追い続けるといつかまるで見えなくなった。

だがここに一人、ムゼウーマ・モディリを求めるためでなく飛行船に乗った男がいた。

彼は常々語っていたように、自殺の手段として、正確には自殺した自らの死体を海に消し去る手段として飛行船を用いた。


夢に湖を見た。

どこまでも白い空の下、どこまでも広がる森の中、編み込まれたようにびっしりと絡み合う樹々の枝の作る屋根が、あるところでほっかりと大きく、いびつな楕円形に空いて、そこには深々と湛《たた》えられ僅かな漣《さざなみ》がよせるばかりの水が真っ黒に見えた。色がなかった。手前の淵には樹々から落ちて流れついた細かい枝葉の屑が枠を作るように溜り、ふたふたと揺れている。と思うその時、男は湖の縁にいた。

湖は耳を塞いだような静寂の中に少し霧を伴い、細かい皺のような波を揺らしながら広がっているフェルト湖に似ていた。南ドイツ西部の広大な黒森《シュヴァルツヴァルト》の中にある。行ったことがあった。が、同じかどうかわからない。フェルト湖の記憶も本当に自らのものかどうかわからないまま、今、自分の飛行船は黒森の上空、フェルト湖の真上にいるのだな、と彼は考えた。

背後から人の群れが来た。皆、裸体で、男性も女性も、若い者も年取った者もいる。ひとりひとり、湖に入ってゆく。ゆっくりと身を、黒い水に浸してゆく。

彼らとともに水に入った。気づけば自分もやはり裸体であった。

湖は中ほどまでゆくと深かった。どこまでも深く、沈んだ。息ができたかどうかわからない。苦しいとは思わなかった。ゆらゆらとして、視界もほとんどなくなり、音も聞こえない。そんな中で手足を縮め身体を丸くし、重い水に浸る身体の感触だけとなって漂っていると自己の意識というものが卵の殻のように感じられた。

それはほんの表面を囲うだけなのだと思うと、少し割ってみたくなった。手段がよくわからないが、壊すことは簡単だった。外からは硬さもあるが内から押せば脆い。一部を壊すと、たちまち全体に罅《ひび》が入り、殻は剝がれ、周囲の水の中に漂った。

なめらかな肌触りの水の中で身体が顫《ふる》えるとともに無数の記憶が散っていった。細かく割れた鏡の破片のひとつひとつが別々の光景を映し出しつつ遠ざかって行くかのようだった。いずれも自分を形作るかけがえのない記憶であったはずだ。それらはひとつに集合して中空の球体を形作り、中心を覆うことで自分の心の形を決めていたものだった。だが、もはや手の届かないところまで散り撒かれてしまった。そんな確信があった。

残った中心にはほの明るく揺らぎながら呆然とあり続ける核のようなものがあって、それが自身であるとわかるとともに自身とは何者でもないと知った。ただ在るばかりで何の望むところも意図するところもないのだった。そんなものがなぜ在るのかと問えば、在るからだと答え、そして微笑むように揺らいだ。答えたのは誰だろうか。それすらも私であったのだろうか。揺らぐ、その動き、ほのめきは、此処《ここ》と彼処《かしこ》、一瞬と永遠が等しいのだと伝えている。そのように思われた。在ることは無情で無意味で、しかし厳然と、そればかりは巨大なカテドラルのように徹底して、確実に、まぎれもなかったが、同時に揺れ動き、一刻も同じフォルムを見せなかった。絶えず変容する。それが物体と生ある者との違いなのだと思った。思う者は自分である。であるはずだが、問い答える者もまた自分である。

　そしてこれも確信された、ここにいることは、いずれ溶け去ることである。既にただ存在でしかない自分は、個の無と有に差を見なくなっている。それは何もなさず、水に溶け水そのものとなることである。それは何の作為もない。それが真の平穏というものである。

　そう知ると不意にわずらわしくなった。何者でもないはずであるのに常に何者でしかないという、存在の論理そのものが無効に思われた。さらに身を顫わせ、それとともに身中の揺らぎがほの明るい光を増した。それは心晴れる光であった。だがどうしてか、これではどれほど存在していても生のとどまりには触れえないと確信された。全く無の中でただ一人微笑んで消えてゆくことは不作為である。不作為は世界に触れることを忌む。

　その何もなさがひどく厭になったのだ。

　何かなす行いが罪であれば、むしろよいと思った。揺れ光り、記憶を溶かす水の下深くにいて揺らぎ続け、朗らかなほの明かりのまま溶け去ることを私は言祝《ことほ》がない。留まらない。作為しよう。ここを出ようと思った。

　無理やり、既に身体とも言えない身体を暴れさせ、水を掻いていると、すぐ手先の届くところに、破れ、大きく損なわれながら未だ完全には散りきらない心の殻が漂っているのを見出した。

これを着よう。そうすることが自身という意識を再び得ることだ。そのように、ほの揺らめきほの光る存在の私は意図した。意図したのである。それはほのめきの自分にはなかったもの、ほとんど捨て去った忘れ去ったはずのものだった。微かに、僅かに、何かが残っていたのだ。そしてほとんどが揺らぎ消え去るだけとなった中の、厭悪《えんお》とそれにともなう目的も知れない何かへの意図という、毛筋ほどの過去の残滓《ざんし》こそ、「私」なのだった。

周囲至る所で殻が剥離し、裸よりさらにまる裸となった者たちがいた。殻なしではすぐ水に溶け、拡散してゆく。そして混じり合う。完全に溶けてしまった者もいただろう。

かろうじて拾い集めつなぎ合わせた僅かの殻をまとって私は、不完全ながら自己という意識を取り戻した。湖の底にいたことを思い出すと、羽ばたくように手足を動かし、上の方へ浮かび上がった。水平に泳いでゆくと、いつか足の下に泥が感じられ、一歩一歩歩んで、湖から出た。

何人か、同じように湖から上がってくる人がいた。入った人より出てきた人の方が少ないように見えた。湖の中で溶けてしまった人がいるのだと思った。

ここで目醒めると、私は、青年の身体と、そして彼の記憶を持って、エルベニアの都市フラフスの中心街へと向かうバスの中にいた。

「湖なの?　ムゼウーマ・モディィリに行けたんじゃなかったの?」と脇に座る少年が問う

た。彼はさいぜんから、青年の私と、何か話していたようである。答えてみた。

「ムゼウーマ・モディリには外側だけがあって内部がない。そこはこの世界からは見えない、ありえない、そうだなあ、反物質みたいなもので満たされている。それを私たちが想像するためには何かに翻訳しないと考えられない。一番よく伝わるのは水だろう。真っ黒で、そこに入る者の本質を溶かしてしまうこの世のものでない水だ。フェルト湖の神秘的な様子が、ちょうどムゼウーマ・モディリの中にある世界を示すのに合っていたんだと思う。ムゼウーマ・モディリで経験した感触は本当だ。だけど、それを人にわかる言葉にして伝えるにはこういう表現しかできない。あの湖はムゼウーマ・モディリの入れない虚の内側を示している」

正しいかは知れない。湖に入っていった人々は、それぞれに内容は違っていても、同じ一瞬、深い意識の奥に達する夢を見ていたはずだ。人種も年齢性別も一様でなかった。思想信条も共通性があったとは思われない。

一人、大変綺麗な娘をよく憶えている。たぶんそれがアルヴィラ・ユティ・ダルジーヴァだ。だがそれが綺麗な娘であるという判断は彼女を見ている別人によるものだ。自意識は自分だけでは自己の意味を見いだせない。

その彼女を美しく慕わしいと感じている若いエルベニア人の男がいた。ウォルディグ・カーフベルに違いない。今の私の身体の主である。私は、湖の中で意識を侵食された後、なんとか再度自意識を持ち上げると、どうしたことか彼となって戻った。だが互いに入れ替わったのかどうかは、私が彼になったように、彼が私になったのかどうかは知れない。もとの私の身体はどうなっているか。執着はない。近く自殺するはずだった身体だ。

ウォルディグの身体はなかなか強健である。彼の意識も身体と同じくらい強ければ彼としてもとに戻れたはずだが、そうでないということは、あるいは、ウォルディグの意識はムゼウーマ・モディリで溶解してしまったのかも知れない。気弱で意志の強烈さには欠けていたから。と、私は、他人としてウォルディグを思い出す。人格は違う。が、記憶はウォルディグ・カーフベルのものだ。記憶は、魂とでもいうべき、自己認識を感じる自意識とは別の、肉体に保管されているものらしい。ウォルディグの身体にはウォルディグの記憶がすべてそろっている。アルヴィラの件では相当苦労していた様子だ。そもそもがこのバスに乗っているのも、祖国を逃亡してきたアルヴィラと彼との婚姻届を役所に受理させ、それによって彼女のエルベニア亡命を可能にするためだった。

もとの私自身の記憶は？　夢に至るまでの飛行船とそれにかかわるあたり以外、ほとんどない。ラサンドーハで何かに絶望し、自殺を試みた、ある比較的裕福な男だ。その程度しかわからない。それらさえ僅かに残っていた殻の欠片として、もはや不純物として、かろうじて魂にこびりついていたものにすぎず、名前すらわからない。今、思考に用いている言語もエルベニア語だ。母語であるはずのグルーネージア語は、いくつかの単語程度、それはアルヴィラからウォルディグが教わったからで、今はほとんど使えない。もとの私の身体にいないせいだ。

おそらくウォルディグはバスの中で脇の相手に語りながら、ほんの一瞬、まどろんだのだろう。ムゼウーマ・モディリに辿り着くには一瞬でよい。時間の速度が全く違うからだ。あったのかも知れない。こんなことが。これまで人類の歴史上、無数の人間たちの中には、意外に多く、こんな人格の切り替わり、あるいは他人の意識の入り込みを経験した者たちがいたかも知れない。

だが、「俺は別の人間になった」と人に告げても、誰も信じるわけがない。見かけも同じ、別人格とやらに特有の記憶を持つわけですらない。証明ができない。その状況をよく呑み込んだ者は、当の身体にもともと与えられた名の者としてその後も生きただろうし、違和感があったにしてもそれで不都合が起こることが少なければ仕方ないものとして別の自分を、つまり別の身体と社会関係を受け入れただろう。

違和と不具合が大き過ぎ、あるいは与えられた身体に耐えられず、状況を受け入れられなかった者は、自己ならぬ自己を主張し続け、その結果、周囲からは精神障害者と見られ、処理されたことだろう。人格に関わる精神病とされてきた人々の何割かは、たまたまムゼウーマ・モディリ、というかそれと同等の異空間に行きつき戻ってきたら別人の身体にいた、という者たちだったのではないだろうか。

自分というものを卵の殻のように割って捨て、中から新しい人格を取り出すことを夢見たラサンドーハの金持ちたちは、いったいこんな状態になることを望んだだろうか。

物質的に証明はできないが、今、私には自分がウォルディグ・カーフベルでないことがあきらかにわかる。なぜなら、ウォルディグがあれほど執着していたアルヴィラ・ユティ・ダルジーヴァのことがどうでもよいものと感じられるからだ。

綺麗な娘だ。聡明で、性格もよい。とウォルディグは記憶している。しかし私は惹かれない。ラサンドーハでの私は、女性に興味がなかった。同性愛者だった。ように思われる。もとの私が何歳で何をしていたか知れない。特別誂えの飛行船を持っていたのなら、今ここにいる貧しいエルベニア人青年よりは随分よい立場だったに違いない。

一か月前の深夜、「簡易店」と呼ばれる深夜営業店で働くウォルディグのいるレジの前にいきなり駆けこんで来た外国人女性が、たどたどしいエルベニア語で「追われています、助けて」と告げた。ウォルディグの記憶によるなら、輝くような色白の、長身細身の、眼の大きい、長い栗色の髪の、思いきり質素ななりにも、それはあでやかな容貌だった。

このとき、下心からというよりは、単に人の好いウォルディグだった。ちょうどその夜一人で店番なのをよいことに、店裏の商品置き場にかくまっておいて、仕事がひける頃、同僚にわからないよう自分のアパートに連れて帰った。以来同棲、そこまでできても内気で臆病なウォルディグにはなかなか手が出せない。

アルヴィラは、グルーネージアの政変前夜、危険を察知し、隣国エルベニアにいる遠縁の者を頼って出国したこと、クーデターが起こってからは政敵として追われる家系の一人とみなされており、数週間前、保護してくれるはずだった相手が俄かに失踪し、資金が底をついたこと、等、自分の素性と苦境を告げるとともに、自分は敬虔なカトリックであり、神の前で結婚を認められてからでなければ身を許すことはできないと、強く言った。

これほど特別でない、美人であってもエルベニアの女ならウォルディグも、ともに暮らすうちには自分の立場を楯にとって関係を迫ったかも知れないが、育ちのよさそうな受難の姫君に、そうそう無体な要求ができなかったと見える。

アルヴィラは随分贅沢に育ったはずだが、状況をわきまえてあまりウォルディグに負担をかけることをしない。唯一、贈与を求められたのはアパートの近くの小物屋でのことだ。小さい猫の置物が欲しいと言うので与えた。高い買い物ではなかった。エルベニアには可愛らしい物が多いからとてもとてもよい。と、たどたどしく囁きながら、自室の棚に置かれることになった猫の置物を指先につまんで見せるしぐさがウォルディグは好きだった。

突然呼び止められた。銀の仮面がいた。仮面はグルーネージア語で、

「名を言え」

と言った。わたしは答えられなかった。

仮面の者はゆっくりと右手を差し上げ、どこかを指さした。

その指の先に顔を向けて目醒めた。耳の奥に華麗な装飾音を伴う室内楽の響きがあった。空を見上げながら寝ていたのか、眼を開けながら寝たのだろうか。一瞬だ。おそらく、一瞬、意識が途絶えたのだ、それだけだろう。いつの時代かしれない、おそらく貴族かブルジョワの、同性愛者の老人、自殺を意図して飛行船に乗った男性が、しばらくわたしの意識であった。ほんの一瞬の夢であったはずだが、バスの中で隣の少年に語っていた言葉がひとつひとつ正確に思い出されてくる。

ヴォフロ街の暗がりを出て街灯の明るい広い道路に沿う歩道を行くと、右手に見かけた店が全面ガラスで、そこに映っているのが誰か最初疑ったが、自分でしかありえない。歩けば同じく進む。顔を向ければ相手も向き合ってくる。そして悟ったのだ、自分の顔も忘れている。

これが自分なのだと、それはわかっている。だが、これまでも自分だったのかがわからない。過去、そしてそこに添う影が、重みが、一切、無くなっていた。遠い街の様子はありありと思い出せるのに、自分の顔すら見分けられない。

よく確かめようとする自分の記憶も薄れている。少し前まで、何か懸命になっていた。過去？　だが遠い先に、そこに、誰かがいる。先に、そこはわたしの消滅した先だ。ならそれは他人の過去だ。他人の記憶。それが今は慕わしい。

古く美しい街と空に聳《そび》える白銀の塔、飛び交う飛行船、地の闇と仮面、それればかりが意識にのぼる。考えていたい。千年前から、遠い土地のひとつひとつの重み、影、仰げば彼方は鏡のようにある。

記憶になかったことばかり思われる。自分の持つ記憶はすべて、脇に佇む、仮面の語った言葉であると思われる。あの老人の考えていたことが少しわかる気がする。

ラサンドーハ、そこにあるすべての記憶を誰かに伝えたいと思った。「聞いてくれ」と寄りすがる、仮面たち。仮面のわたしは語る、遠い、白銀と闇の街。自殺しようとした男性の記憶。亡命しようとした若い女性の記憶。必死に助けようとする、隣国の青年の記憶。

今も空に、わたしには見える、鏡の塔のようなムゼウーマ・モディリ、魂を溶かす冷たい溶鉱炉が聳えている。そこに心を囚われた者たちの顚末。だがこれ以上思い出すことはできそうにない。

あの塔に行き着いた者、還った者は他にいないのか。誰かがわたしの代わりに続きを語ってほしい。切にそう願ってこの文を残す。

串

m a r t h a　n a k a m u r a

マーサ・ナカムラ

ざぶんざぶんと崖下には波が打ち寄せる。私は背中の広い男に負ぶわれながら、崖の上に切り立つ砂利道を進んでいく。眼下には遠く海があり、鏃《やじり》のように鋭く尖った土気色の大きな岩が海面からいくつも覗いている。人間には歩けない道なのだろう。男は身長が二メートルよりも大きく、足は便器のように大きいが、交互に足を入れ替えながら細い砂利道を進んでいく。歩を進めるたびに、砂を噛むような音がする。

海と青空が一体となるような風がびゅうびゅう吹いている。

(これが常世《とこよ》の国なのだ)

それでも先ほどからずっと聞こえる椀を洗う音がやけに人間くさく、人の肌が懐かしい気持ちになる。左には海、右には暗い瓦屋根の民家が数珠のように連なっている。道に沿って連なる古民家は宿場町に似ているが、戸は道側を向いていない。この道を通る者の来訪を意図していないのだ。閉ざされた硝子窓から、どの家でも椀を水で洗うカラカラとした音が絶え間なく鳴っている。

命綱の代わりに祖母が巻いてくれた腰紐の先は風に揺れている。

*

家には「御秘所《おひそ》」と呼ばれる場所があって、そこから「クシダヒメ」という名の女人形が毎年生まれるのだった。子供用のビニル人形と同じくらいの大きさで、二体あればままごと遊びにも向きそうだ。翡翠《ひすい》に白粉を薄く伸ばしたような肌。豊かな黒髪は解かれたまま腰の下まで波打ち、撫でると水を含んだように冷たい。頬に顔を近づけると、白い花のような香りがする。十四、五歳だろうと思われる清らかな見目。手元に二体以上増えない理由は、クシダヒメは生まれると、そのまま「人柱」として祠《ほこら》に祀るからだった。

水を含んだ鈍器が、硬い床に落ちる音。クシダヒメが生まれ落ちる音は、稲田の家では落雷のようによく響く。この落雷を合図に、この家に二人で住む祖母と私は御秘所へ向から。

稲田家は岩山を背にしている。後方から見れば、岩窟の洞にめり込むように白い文化住宅は建てられ、家と岩が複雑に絡み合っているかのような印象を与える。

玄関を上がると奥に台所があり、その勝手口を抜けると御秘所へと繋がる湿った通路がある。この通路は一年を通じて十度台に保たれ、夏は涼しく冬は凍結しない。冷たい岩壁は始終汗をかき、薄荷《はっか》に似た香りがする。電燈を頼りに五分程歩くと、奥に薄茶色の石蔵が見えてくる。

祖母は同じ話を何度もする。

「御秘所はもともと何にも覆われてなかったんだよ。え。ひいばあちゃんの時まではな。けれども空襲で全部焼けた時に、防火の扉を作れってお達しがあって。高価な大谷石でこの蔵作って、ついでに表の家も作ったというわけだ。そのお金は全て国のお金で賄ったんだよ。くれぐれも大事にな。いずれ紗江が継ぐものだから」

手早く南京錠を開ける。重い鉄扉を手前に引く。

蝶番《ちょうつがい》が軋み、鳥肌が立つほど大きな音が岩窟に反響する。この大音声《だいおんじょう》にはいつまでも慣れない。祖母が亡くなった後、一番怖いのはこの音に一人で対峙する時だ。この鉄扉が蔵のぶ厚い唇で、わざと振動を立てながら大きな音を出しているのを黙って見ているような気分になる。

火災を避けるために、蔵の内部に電燈はついていない。手元の懐中電灯をつけると、光線は砂埃を含み金色の川のように真っ直ぐに走った。

御秘所が闇の中に浮かび上がる。

奥を見通せないほどの風穴。

岩盤には、「人」という文字の形に亀裂が走る。亀裂の縁は蕁麻疹《じんましん》のように赤く膨れて、「人」の股下には暗い穴が空いている。「御秘所」は岩窟の一部分なのだ。蔵に御秘所を仕舞い込んでいるというよりは、御秘所に蓋をして塞いでいると言う方が近い。

風の強い日でも御秘所の前に風はたたない。そのためなのか、土と砂の混じりあう雨に似たにおいが強くこの穴からは立ち上る。

風穴の前に、裸ん坊の小さな身体が転がっている。肌はそれ自体が発光しているかのようにどこまでも白く、闇に紛れるということがない。

「クシダヒメさま」

祖母が駆け寄って両手で拾い上げる。すぐに白の晒木綿で巻いてやる。華奢なクシダヒメの身体は蓑虫のように膨れ上がる。四肢も晒の中に隠れてしまう。

串に刺さった肉が、畑の隅にお供えとして立っているのを別の場所でも見たことがある。

「人柱」という言葉は、元は贄《にえ》となる人間を串で刺して神に捧げた様子を表しているのだと、記憶もないうちから母や祖母から聞いていた。

「関東大震災があった時に、お堀の橋も崩れてしまってね。架け替えのために橋の袂を掘り起こしたら、八名分の古い人骨が、立った状態で土の下に埋まっていたんだよ」

大正十二年当時の新聞では、この人骨は橋を架けた際に事故で亡くなった人の遺志を尊重して、埋葬されたのだろうと報じられた。

「この人たちは、人柱として串に刺されて神様に捧げられたんだよ」

私が小学校に入学した直後に姿を消した母は、寝物語としてよくこうした話をしてくれた。

「今も？」

「何が」

「今も、人柱を立てる時には人を串に刺すの？」

「そうしないために、今の稲田家の仕事があるの。昔は、毎年の田植えのたびに人柱を立てたんだよ。日本の神話にも、串に刺されて神様に捧げられる女の子の話が出てくる。現代の人たちの感性に合わなくて、串じゃなくて髪を梳く『櫛』に変身して神様を助けたと、今では置き換えられているけど。稲田家の仕事は御秘所を守って、姿を現してくださるクシダヒメを人柱に立てることなの」

自分の身体が串で刺されて土に立てられることを想像する。冷たく固い串が皮膚を突き破り、背骨の中を移動していく絶望はどんなものだろう。御秘所から現れるクシダヒメを祠に祀ることで、串に刺される人を無くしているのだと思うと、稲田の家が担う役割への誇りに幼い胸は震えてくるのだった。

「誰にも話しちゃだめだからね」

「どうして」

「受け入れられない人もいるから。知られずにこの仕事を全うすることが、国のためになるんだよ」

「毎年人柱をたてて、何を祈るんだろうね」

「五穀豊穣、除災招福」

母の大きな瞳がこちらを向いた。両眼の下に二つの小さなほくろがある。

「絶対に途絶えさせちゃダメだからね」


人差し指のように太い木串を祖母に手渡す。

この時、御秘所から生まれたばかりのクシダヒメは目と口をうっすらと開いている。祖母が手に力を入れると、葱を折るような音がする。そうして、鮎の塩焼きのように、上に仰向いた口から下に向かって串を突き通す。漏れ出る赤黒い血に晒が染まる。串の先端は晒で巻かれた脚の先から突き出て、両手のない弥次郎兵衛《やじろべえ》に似た格好となる。祖母の手で熱くなった串の手元は、クシダヒメの暗い喉奥から茎が立つように口から出ている。臭い水に刃物を漬けておいたようなにおいがする。暴れたり叫んだりすることはない。白目にうっすらと赤い血が混じる。黒々としていた瞳が影のように薄くなる。ふと、クシダヒメの身体を貫く串が、私の身を冷たく通り抜けていくような心地がして寒くなる。なぜこんな目に遭う人形が、御秘所を通じて生まれてくるのかが分からない。

それから祠を開いてクシダヒメを立てて祀る。稲田家の庭に置かれた祠は木造りで、屋根の部分は神社の社《やしろ》のような形をしている。高さが三十センチ程、幅と奥行きは盆が乗るくらいの大きさ。クシダヒメが御秘所から生まれてくるのは、毎年田植えが始まる前の四月中旬頃だ。祠に供える時のクシダヒメはお雛様の三人官女に似て本当に美しい。わずかに開いた唇からのぞく赤い舌先は濡れて艶やかだ。祠の戸がしまる直前まで、晒が巻かれ口から串を出すクシダヒメを惚れ惚れと眺める。

夏の間は悪臭が漂う。祠の戸を開けて覗いてみる気すら起きない。太った蝿がぶんぶんと家の中まで入ってくるようになる。庭に祠があるから臭いのだと思うが、家の中にあったらもっとひどいだろう。臭いが強いほど、

「クシダヒメが世の災いごとを引き受けてくださる、ご利益だ」

と言って祖母はありがたがる。

秋が近づいてくると、あれほど悩んでいた臭いが風に運び去られたように消えてしまう。米の収穫が終わりを迎える十一月に祠を開くと、クシダヒメの身体は消え失せて、鳥のようにか細く頼りない白骨が一面に広がっている。晒の布がちぎれて串の下に散乱している。

黒ずんだ晒の欠片を指にのせると、砂のように崩れてどこまでも小さくなる。それから祖母と共に、人柱の役目を果たしたクシダヒメの骸を庭で焚き上げる。祖母は眉間に皺を寄せながら固く手を合わせる。私も、この国の除災のために身体を差し出してくれたクシダヒメに心の中で感謝の言葉をかける。灰をちりとりで集めて、役所に持っていくと、暮らしていけるほどの金がすぐに振り込まれるのだ。


平成から令和に年号が変わろうとしていた年のことだ。

四月も終わろうという時になっても、クシダヒメが現れなかったことがあった。さすがに気になって、中学から家に帰ると、まず初めに祖母にクシダヒメが出てきたか尋ねた。いつもならとっくに、クシダヒメが御秘所に現れて祠に祀っている時期だ。

「そういう時もあるな」

そう言って呑気に澄ましていた祖母も、六月になってもクシダヒメが現れなかったので、ついに先端に鉤《かぎ》のついた棒で忙《せわ》しなく御秘所の中を探るようになった。膝を立てて懸命に穴の中に棒を差し入れる祖母の丸い尻を眺めながら、まるで大きな人の耳掃除をしているようだと思った。一時間くらい祖母は御秘所の中を探っていたが、やがてその場に座り込んでしまった。

「どうする」

「何が」

「前代未聞だ。天変地異の前触れだ。今まで、こんな時期になってもクシダヒメが生まれてこないなんてことはなかった。一年がやってくるように、クシダヒメは必ずやってくるんだ」

「お金がもらえないのは困るよね」

「お金なんて、一年くらいどうってことない。もっと大きなことだ。良くないことが起きる前兆だよ」

祖母の青ざめた顔を見る。手の先まで血の気が引いて白くなっている。

「クシダヒメが生まれてこないとどうなるの」

「今までこの国の災厄を一身に引き受けてくれていた存在がなくなって、災厄を全て被ることになる」

これまで長くこの仕事をしてきた祖母が震え上がるのを見て、御秘所を守る人間として私も何かしなければならないと思った。稲田家の仕事を教えてくれた母の声と、クシダヒメの顔が重なった。

「ばあちゃん。それなら私が中に入って、クシダヒメがどこかに引っかかってないか見てくるよ」

「出られなくなったらどうする」

「大丈夫。命綱をつけて行くから。ばあちゃんそれを持ってて」

それから物置を見に行ったが、手頃なロープがなかった。祖母は箪笥から、着物の腰紐を出してきた。それを幾重にも重ねて、私の腰に結びつけた。

「無理するな」

御秘所の穴は、中学生にしては小柄な私の肩をやっと通すほどの隙間しか空いていない。頭から入るか、足から入るか迷ってから、頭を先に入れることにした。懐中電灯を手に持っていたが、脇が浮いてしまうのかどうしても身体が入らず、闇に目が慣れることを信じて置いて行くことにした。

「ばあちゃん、絶対に紐を離さないでね」

祖母は腰を落としたまましっかり頷いた。恰幅がいいので、たとえ私が穴の中で転んだとしてもびくともしないだろう。

頭を穴に差し入れ、身体を捻りながら前に進んだ途端、私の体はどこまでも深い暗がりに落ちていった。

御秘所の穴の前では風の流れを感じたことがなかった。そのために、穴の中に頭を入れれば、すぐに手が届くほどの小さな溝しか空いていないのだと思っていた。身体の上にひらめく腰紐を見た。ばあちゃんはやはり手を離してしまったのだ。どこまでも身体が風穴の中へ落ちていく。もし岩盤に身体が少しでもついていたら、身体は林檎のようにすり下ろされていただろう。

やがて暗い岩盤が徐々に明るくなってきた。乳白色の霧があたりに浮かんできたと思ったら、夜明けの色あいになった。紫色、次に燃え上がるような橙色。奥に行けば行くほど明るくなるようだ。青空の中を飛んでいるようだと思った。

身体が落ちたのは砂の上だった。落ちてきた距離を思うと大怪我では済んでいないはずなのに、意識は断絶せず、身体もさほど痛くない。手をついて身体を起こした時、人形のように身体が軽くなったと思った。

あたりに岩山や岩窟は見えない。ところどころにぽつぽつと芝の生える、乾いた小さな丘の上にいる。岩窟にある御秘所の中を通ってきたはずなのに、まるきり別の世界に降りてきたようだ。白っぽい土の周りには芝が生えている。空は青い宝石を荒く擦って水に溶かしたような色。雲ひとつ浮かんでいない。しばらく、そこにぼんやりと座り込んでいた。

（ここが、クシダヒメがいる世界）

夢を見ているような気もして、腰紐を握りしめていた。

すると道の奥から、大きな男が歩いてきた。一目見て、神代に近い時代の人だと思った。髭を長く伸ばし、膝まである長い藁沓《わらぐつ》を履いている。足が長い、と言うのではなく、身体全体が大きいのだ。髭は髪のように黒く真っ直ぐとしていた。腹まで垂れる髭は小学生くらいの丈があった。

男はまるで甕《かめ》の上に立っているかのように、私を見下ろす。馬のように大きく、馬のように優しい目をしていた。

「お名前は」

「稲田紗江です」

合点した、と言うように男が頷いた。

「人柱が今年まだ来ていないので、探しにきました」

そう言うと、男は屈んで背中をこちらに向けた。道案内はありがたい。靴を脱いで、男の背中に負ぶわれていくことにした。背中に乗った途端、自分の身体の重みが全く感じられなくなった。背中から落ちてしまうことより、風に吹き飛ばされる方を不安に思った。

男が歩くたびに、藁沓の飾りの部分がさらさらと鳴った。木々の間から陽光を身に集める山々が見える。

「あれは何」

単子葉類の群生する草むらの上で、景色が布のようにはためく不思議な光景を見た。

「草の吐く息、求愛です」

私の言葉に、この寡黙な男が応えてくれたことを意外に思った。私の息が少し早くなる。背中は温かいが、男は決して私の方を振り返ろうとしない。

それからも男は歩き続け、草も生えず灰に似た砂が飛ぶ山の頂上から、掃除のために哺乳類の骨を箒で掃いて集めてきたような谷底、また山を越えて、左側に海、右側に民家の並ぶ通りを歩いた。男がどこに向かって歩いているのか見当がつかなかったが、細く白い道が発光するように男の前には伸びて、それを大きな足で辿っているに過ぎないのだと気づいた。開けた土地に出た時、遠くに見える山の上に鉛色の雨雲が止まり、糸を垂れるように雨が降っているのを見た。雨雲は誰かの大きな掌のように、順々に山の上に雨を降らせていた。雨のにおいがかすかに鼻をかすめ、御秘所の前で私の帰りを待っている祖母の横顔を見た気がした。

男が急に立ち止まった。

白い道の先に、クシダヒメらしき小さな身体が仰向けに倒れているのを見た。男は屈んでその身体を拾い上げた。

全身が赤く腫れ上がり、身体の片側は黒く腐れている。口の端からは血が垂れて、歯を固く食いしばったような表情をしていた。目元だけが、クシダヒメの面影を宿していた。すでに、喉を焼くようなひどい腐臭がしていた。

「人柱に出る前に、すでに穢《え》を受けて病気になってしまったようですね。これから先に降りかかる災厄が、思いのほか大きいらしい」

私が口を開く前に、男はクシダヒメの身体を崖下へと放り投げた。命綱のないクシダヒメの黒ずんだ身体は、人形のように真っ直ぐに海に落ちて、波しぶきに漂うこともなく飲み込まれていった。クシダヒメが水に入る音の代わりに、相変わらず人気《ひとけ》のない民家の窓から水で椀を洗う音ばかりが耳に聞こえていた。海水は布のように音もなくクシダヒメの身体を暗く包み込む。潮の音は風ばかりだ。

「古い花を切れば新しい花が咲くように、古い人柱がなくなれば新しい人柱が入る。これで新しいクシダヒメが生まれ出る」

「ありがとうございます」

男の黒い瞳がさらに大きくなる。

男の背中は汗をかくたびに酸っぱいにおいがして、それを愛おしいと思った。帰り道、私が背をどれだけ温めても、男が振り向くことはなかった。


元の場所に辿り着いて、男の背から足を下ろした。身体にまだ背の香りが残っている。その時、天上から白い布が降ってきたかと思うと、私はまた洞の中を落下していた。今度は、奥に行けば行くほど暗く闇が深くなるのだった。

落ちながら途中で眠くなるような感覚があって、狭い穴に身体がはまってからは無意識に息を止めながら身体を回しているうちに、御秘所の風穴から顔を出していた。身体を出すと、クシダヒメが御秘所から一緒に生まれてきた。このクシダヒメは例年通り綺麗な身体をしていて、腐れたところは一つもなかった。

「クシダヒメ、やっぱりどこかに引っかかってたのか」

「ばあちゃん、腰紐離したでしょう」

「離してないよ」

祖母の手には腰紐が固結びされており、私の身体と繋がったままだった。

身体が腐れたクシダヒメを先に見つけたことは黙っていた。


翌年、祖母が外に出ている時に、御秘所から「ガツン」という何かが落ちた音がした。

私は初めて一人で蔵を開いた。御秘所の先に、私を背負ってくれたあの大きな男がいるのだと思うと、扉を開く時の暴力的な音さえ何も怖くなかった。

祖母は、以前よりもクシダヒメの訪れを気にするようになった。まだ四月だというのに、早くも鉤つきの棒で御秘所の穴を掻き回している。最近の異常気象、流行病、地震などが祖母の不安を増幅させているのだろうか。

御秘所を照らす懐中電灯の先に、クシダヒメの白い身体が見えた。仰向けに倒れている。

私が初めてクシダヒメを取り上げたことを知ったら、祖母はきっと私の成長を喜んでくれるだろう。懐中電灯を床に置き、両手でクシダヒメの身体を取り上げた。

「クシダヒメさま」

大きな瞳がこちらを向いて、目があった。
両眼の下にある、二つの小さなほくろが可愛らしい。
微笑みあって、白の晒木綿を固く身体に巻いた。

うなぎ

ohki fusako

大木芙沙子

臍《へそ》からうなぎが出るようになって最初のうちは、そのニュルンと長くて黒い生きものがぬめった筒状のからだを捩《よじ》らせる感触が何ともいえず気持ちがわるく、当《あたる》は都度都度ほとんど嗚咽みたいな声をあげずにはいられなかったのだけれども、人間万事数をこなせば慣れていくようにできていて、五匹目が出てくるころにはヨッコラセイとひといきで、長くて黒い立派なやつをニュルルルルルルンと出せるようになっていた。

うなぎが出たのは突然だった。気心の知れたツレとほとんど自棄《やけ》のようにして酒をのみ、へべれけになって午前様で家へ帰ってきたときに、どうも腹の調子がおかしいことに気がついた。調子がおかしいというのは別段痛いわけではなくて、吐きそうだとか下しそうだとか、そういう雰囲気だったわけでもない。当は生来腹を下しやすい体質ではあるが、そういうのとはまるきり違う、只々腹部に奇妙な感じがあったのだ。まるで何かが蠢《うごめ》いているような、腹のなかを這いずりまわっているような感覚で、今まで感じたことのない強烈な違和感をともなうそれは奇妙というよりほかになかった。のみ過ぎたかなと思いつつ、当はとりあえず便座に腰をおろした。視線の先にはさげたズボンとそこにおさまったパンツが見える。黒いボクサーパンツには、小便がすこうし染みて、一部分だけが濃ゆうくなっている。腹の違和感はおさまらない。と、着ていたシャツが臍のあたりで何かに押され、そこだけテントのように盛りあがった。なんだなんだとシャツをめくれば、臍からヘビのような生きものが、ひょこりと顔を出していた。

当はそりゃもう驚いて、「ぎゃっ」と叫んで立ちあがった。

残尿が床に飛び散って、ズボンとパンツが足首へ落ちる。臍から出てきた生きものは、口をぱくぱくさせている。ぱくぱくしながら、くるしそうに身を捩らせる。まんまるの目と、当の目がばちんと合う。あらためて、当は「ぎゃあっ」と叫ぶ。そいつがぬるぬるした身を捩らせるたびに、腹が、臍が、粟立つほどに気持ちがわるい。ぬるぬるは、どうやら臍から出てこようとしているのだった。ズボンとパンツをトイレに残し、跳びはねるように部屋までいって充電中だったスマートフォンをとる。留守番電話メッセージありの表示があるが、今はそれどころではない。歩いた反動で、臍から出たぬるぬるがさっきよりすこしだけ長くなっている。ぬるぬるは臍のまわりを濡らし、口先は今にも股間の茂みにとどきそうになっている。

兎にも角にも救急車を呼ぼうと、当は一・一・九をタッチする。瞬間、急に頭が冷静になる。待て待て、救急に電話して、いったい何て話すんだ？

「臍から何かが出てきました」「何かというと？」「わかりません」「痛いですか？」「いいえ」「体調は？」「問題ありません」「持病は？」「ないです」「怪我ですか？」「ちがいます」「歩けますか？」「歩けます」「意識は？」「明瞭です」「失礼ですが、飲酒されていますか？」「はい」

午前三時に臍から何かが出てきたと、電話をかけてくる酔っぱらい。「お大事に。朝になっても出ていたら、病院へ行ってくださいね。心配でしたらタクシーで夜間救急の受付がある病院へ行かれるのもいいと思いますよ」ガチャン。切れた電話のむこうではオペレーターたちの悪態。また酔っぱらいだよ。マジ？　勘弁してほしいよね。ほんと、救急を何だと思っているんだか……。

ついさっきまでの酩酊が嘘みたいにさめてしまった脳みそで、数秒のうちにそこまでのシミュレーションを終えた当はダイヤル一一九を消し、ツレに電話をすることにした。

「もしもし？」五コール目ででたツレの声はかすれていた。

「ごめん、寝てた？」付き合いたての若い恋人みたいに甘い問いかけを、切羽詰まった声で当は口にする。「寝てたよ。何だよ。気持ちわるいな」がさがさした雑音が混じる。できるだけ冷静に、かつ的確に状況を説明するべく、ひと呼吸おいて当は言った。「臍から何かが出てきた」

はあ？　とツレがほとんどため息みたいな声をだす。

「のみ過ぎたか？　いいからもう寝ろ」「いやほんとうだって」「はいはい」「ほんとに」「水しっかりのんどけよ」「だから」「おやすみ」

プチッと虫をつぶすような音をたて、無慈悲に通話が切れる。視線をおとすとぬるぬるは、さっきよりも長くなっている。

当はぬるぬるの顔を持ちあげて、正面、横顔、それから裏側を見る。裏側は白い。ほっぺたのうしろあたりにヒレがある。しゃくれた顔、つぶらなおめめ、ぬるぬるのにょろにょろ。これってもしや。

当は握りしめていたスマートフォンですぐさま画像検索をかける。しかしでてくるのは蒲焼きの画像ばっかりで、ちがうちがうそうじゃないよ、いやそうなんだけど、と思いながら「顔」というワードを足して再度検索をかけると、老舗店主の顔写真に混じってようやくめあての生きものの容貌がヒットする。左手にスマートフォン、右手ににょろにょろを持ち、まじまじ見くらべ照合すれば、画面の生きものと膺の生きものは何から何までおんなじだった。黒っぽい灰色のからだ、うえから見ると鏃《やじり》のような形の頭部、すこし突きでた下顎。しいて言うなら、と当は思う。おれの膺から出ているやつのほうが、親しみやすい顔つきをしている気がしなくもない。

うなぎだ。

当は確信する。おれの臍からは今まさに、うなぎが出てこようとしているのだ。なぜかはわからないが、すくなくとも状況はわかったのでさっきよりいくぶん気持ちは落ち着いてくる。にしても、何故臍からうなぎ？　しかしとりあえず、このうなぎを出しきってしまうのが先決だろう。

いや待てよ、とここで当はまた立ち止まる。これって出しきってしまっていいんだろうか。うなぎがきゅぽんっと出てきたら、栓をぬいたシャンパンよろしくおれの腸《はらわた》が飛びだすような、そんなスプラッター的展開になったらどうしよう。しかしそうこうしているあいだにも、うなぎのからだはちょっとずつ伸びている。心なしか、くるしそうな顔をしている。おお、そうかそうかそうだよなと当は洗面所へいき、洗面台に栓をして、水をじゃぶじゃぶ溜めてやる。それからうなぎの頭の部分を両手でそおっと持ってやり、水のなかへと浸けてやる。

うなぎは水のなかであいかわらず口をぱくぱくやっているけれど、先刻までより大分リラックスしているようだった。水道水で大丈夫なんだろうかとも思ったが、大丈夫そうだし当としてはこれよりほかにしてやりようがなく、我慢してもらうしかない。腹部の違和感はなおも消えない。うなぎが身を捩るたび、水しぶきが飛んでくる。正面の鏡には、シャツを乳首までたくしあげ、臍からうなぎを垂らした男が映っている。鏡の男を見ていたら、当は何かが吹っ切れた。

ええい、ままよと腹にぐぐっと力をこめる。うなぎの頭が水中で跳ねるように動く。さらに力をこめる。両足をひらいて踏んばる。頭の血管が切れそうだった。

フンッ！　フンッ！　と息を吐き、そのたびに思いきりいきむ。何度目かのいきみで屁が漏れる。しかしそんなことにかまってはいられない。

フンッ！　のたびにうなぎは出てくる。鏡のなかでは男の顔が真っ赤に染まっている。当はそいつを睨みつけながら、力いっぱいいきみ続けた。目のまえがちかちかして、ふいに何かを思いだしそうになる。

《くるひいこともあるだろさ》

とおくから、聞きおぼえのある声がした。その途端。

ニュルンッ、とうなぎの尾っぽが当の臍から出て、自由を得たうなぎが洗面台のなかでくるくるくると泳ぎだす。やった、と当は思う。やったぞ。思いながら、洗面所の床にへたりこむ。

とりあえず、出た。額の汗を手の甲でぬぐい、肩で息をしながら心の底からほっとする。へへ、と思わず笑ってしまう。大仕事を終えた臍をねぎらい拭いてやるために、視線をおとせばそこにはあらたなうなぎが一匹、やあ、とばかりにニュルンと顔をだしていた。

うなぎを最後に食ったのはいつだったっけ、と当は臍から五センチほど出た三匹目のうなぎを見ながら考える。三匹目の頭のすぐしたに張られた水のなかでは、二匹のうなぎがからみあうようにして元気よく泳いでいる。ずいぶん前のことのような気がしていたが、母親の一周忌のときに食べたはずなので、それはたった一年前のことなのだった。

そもそも、機会がないためふだんはすっかり忘れているが、当はうなぎが全然好きではない。死んだ母親が好きだったからという理由で、あのときは供養もかねて久方ぶりに口にしたのだが、うなぎの皮のぶよぶよした食感は大人になってもやはり苦手なままだった。

まだ幼かったころ、住んでいた町の駅前には鰻屋があった。当時、当は母とふたりで暮らしていた。うなぎなんてそうそう食べられるものではなかったけれど、駅前のその店の前を通るたび、「いいにおいだねぇ」と言って母は小さな鼻をひくつかせ、思いきり息を吸いこんだ。当も真似をして吸いこんだ。そこまで思いだしてから、当は先刻一瞬頭のなかをかすめていった声について思い至る。

《くるひいこともあるだろさ》

そうだ、あれは仁《じん》さんの声だ。

仁さんというのは、駅前に鰻屋のあるその町に住んでいたとき、当が知り合った男性だった。当は仁さんと銭湯で仲良くなった。チャポン、と三匹目の頭が水へ浸かったのと同時に、当の心は記憶の海へと泳ぎだす。

「おれらが若いころなんかはドンパチやりゃすぐズドンズドンだったもんでよ、おれの腹のここの傷、ほれ、見えるかィこの傷よ、こん中にはさ、弾丸《タマ》が入ったまんまになってるっちゅうわけよ」仁さんはそう言って、あばらの浮いた腹をこちらにぐいっとむけてくる。うん、わかる、見える、ここでしょ。そう言って、当は仁さんの脇腹あたりを指でさわる。たしかにそこだけしこりがあって、色も茶色いシミのようになっている。当はこの話をもう何度も何度も聞いている。

昼の三時を過ぎたばかりの銭湯は老人ばかりで、子どもは当ひとりきりしかいなかった。仁さんは痩せぎすだけど下腹だけがぽこんと出ていて、白髪は少ないけれど洗ったあとは頭皮がかなり露出する。前に歳を訊ねたら、祖母と二つしか違わなかったので当はたいそう驚いた。仁さんは、祖母よりずいぶん年上に見えたから。

湯船につかった仁さんは当のとなりで気持ちよさそうに歌をうたいだす。当の知らない歌だった。くるひいこともあるだろさ、かなひいこともあるだろさ、だけどぼくらはくじけない、なくのはいやだわらっちゃお、すすめェ。へんな歌。

当が見ているのに気がついたのか、仁さんはこっちをむいてにたっと笑う。仁さんは笑うと口の左側が歪む。前歯が一本ない。出るか、と仁さんは言い、当はうんと返事をする。

毎週土曜の午後に、当は銭湯へいく。ひとりでだ。土曜日は、古館《ふるたち》さんが家に来る日だったから。

古館さんはいつも何かしら、当にお土産を持ってきてくれた。ケーキや果物のときもあれば、オモチャや洋服のときもあった。先週は青いキャップ帽、その前は仮面ライダーの筆箱、今週は大粒のマスカットを持ってきてくれた。当は青い色があんまり好きではないし、もう四年生になるから仮面ライダーの筆箱はつかわない。マスカットは、まあ普通。それでも毎回できるだけ、うれしそうに「ありがとうございます」と言った。古館さんは当がそう言うと、いつもほっとしたように笑った。古館さんは、ちゃんと左右対称の顔で笑う。もちろん歯だって全部ある。

昼ごはんを三人で食べてから、すこしだけ家でくつろいで、三時前になったところで母は「銭湯いく?」と当に訊く。「いく」と当はこたえる。母は財布から五〇〇円玉をとりだして言う。「ゆっくり百までかぞえて入るのよ」「うん」と当はこたえる。

でも当は湯船で百までかぞえない。かわりに仁さんの話を聞く。

仁さんの話には何パターンかあるけれど、だいたいが喧嘩をした話か、女のひとを泣かせた話かだった。女のひとを泣かせた話には、仁さんが泣いた話もけっこう多いのだけれども、なぜか泣かせた話のなかに入っている。

仁さんは日本全国に港をもっているのだという。港というのは、その泣いたり泣かせたりしたひとがいる場所のことらしい。今は? と当は訊いた。今の港は?

「今は漂流中よ」仁さんは言った。「次の港はどうするか、漂流中の船ってわけよ」

ぼくにもいつか港ができるのかなと当が訊いたら、どうだろうなと仁さんは言った。大きくなったら、いっしょに船に乗せてよと言ったら、仁さんは「そいつは無理だな」と言った。船ってのはさ、ひとりに一艘、どれもこれもひとり乗り、相乗りしたら進めねェ、無理して進んじゃ沈んじまうのよ。

湯船から出て脱衣所で扇風機にあたるころにはふたりとも、真っ赤なゆで蛸みたいになっている。当はバスタオルでからだを拭いたらすぐにパンツをはいて肌着を着るけれど、仁さんはパンツだけはいてしばらく椅子に座っている。規則的に首をふる扇風機の風をあびながら、目をとじ眉間に皺をよせている。当は靴下をはく。お腹と足はひやしちゃいけない。当は、すぐにお腹をこわすから。

番台のおじさんにお金を払い、当は牛乳を買う。自動販売機で缶ビールを買う。入浴料子ども一八〇円、牛乳八〇円、缶ビール二四〇円。これで五〇〇円ぴったりだ。もちろん母は、当が缶ビールを買っていることは知らない。

缶ビールをわたすと、仁さんは「おっ」と言う。「おっ、ありがとよ」それから「気が利くねェ」と言い、「乾杯といくか」と当のもっている牛乳瓶とカチンとやって乾杯のポオズをする。仁さんは喉を鳴らしてビールを飲んで、「たまらんねェ」と言う。当も牛乳を飲んで、「たまらんね」と言う。火照ったからだをすべりおちていく牛乳は、本当にたまらんねなのだった。当は銭湯で風呂あがりにのむつめたい牛乳が好きだった。家でのむやつとも学校でのむやつとも、それは全然ちがう味だった。

銭湯のあとは仁さんの家にいく。仁さんの家は銭湯から歩いて一〇分くらいの場所にある。ひびが入った外壁と、錆びて赤くなった階段と、ナメクジがいっぱいいる塀のあるアパートの一階。当は仁さん以外の住人に会ったことはまだないけれど、仁さんによれば隣室にはインド人が六人で住んでいるらしい。

「六人で?」と当は訊いた。隣も仁さんの部屋とおなじ広さだとしたら、六人で住むにはちょっと狭い。「六人でだよ」仁さんは言った。「全員おなじ顔にみえるけど、全員ちがういいやつなんだよ」当は銭湯の浴場で、素っ裸になった老人たちの顔がみなよく似てみえることを思いだし、「そうなんだ」と言った。「でも服は着てるんでしょ?」

仁さんの部屋はきたない。母が見たら、きっと卒倒するだろう。窓はいつでも開け放してあって、布団はずっと敷きっぱなしになっている。布団のむこうには仏壇がある。仏壇には仁さんよりもだいぶ若くみえる女のひとの写真が飾ってあって、ときどき、そのへんで摘んできたようなタンポポなんかが挿してある。床には新聞や郵便物や雑誌や服や、弁当の容器やペットボトルや空き缶が落ちていて、台所の流しには、いつ見ても鍋や食器が重なったままになっている。たばこの煙と、体育倉庫と給食室をあわせたみたいなにおいがする。足の踏み場がないほどではないけれど、寝転べるようなスペースは布団のうえにかろうじてあるくらい。だけど生活の動線らしき箇所だけは、獣道みたいにひらけている。

当はそのほそい道をたどって窓際へいく。庭というには狭すぎる、草がぼうぼうにはえたアパートの共有スペースに窓から足を投げだしてすわる。きょうはとくに、風がつよくて心地いい。ここだとにおいも気にならないし、何ならちょっとピクニックみたいな気分になる。

「あた坊、きつね食べるかァ」

仁さんが部屋の奥から訊く。食べる、と当はこたえる。仁さんは当のことを、あた坊、と呼ぶ。最初に呼ばれたときにはそんなへんな呼びかたはいやだと当は言ったが、「いやなことあるめェよ。あたぼうよ、のあた坊だぜ。頼もしくていい字《あざな》じゃねェか」と言われ、そう言われてみるとなんだか途端にその呼びかたが、頼もしくて格好いいような気がしてきて、「えー」と言いながらも、まんざらでもない気持ちになったのだった。

時計を確認すると、まだ四時前だった。古館さんは今日も夕飯を食べていくのかもしれない、と当は思う。

先週も、先々週もそうだった。それまでは夕方五時くらいになると、「じゃあそろそろ」と言って帰り仕度をして、母は駅まで古館さんを送りがてら買い物へ出かけていった。でも最近は、お昼だけじゃなくて夕飯もいっしょに食べるようになったのだ。母は嬉しそうだった。先々週のカレーライスはいつもよりすこし辛くて、いつもとちがって鶏肉ではなく豚肉が入っていた。当は豚肉の脂身が苦手なのに。

「ちょっと辛かったかな」母に訊かれて、「大丈夫」とこたえた。古館さんはおいしいおいしいと食べていた。おいしいね、と当にも言った。当は「うん」とだけこたえた。

仁さんが台所からそろりそろりと歩いてくる。手にはおわん型の白い容器を持っている。「ほれよ」そう言って、割り箸といっしょにわたしてくれる。当は窓枠に腰かけたまま、それを注意ぶかく受けとる。仁さんは台所へもどり、冷蔵庫から発泡酒をだしてくる。背後で蓋をあける音がする。当は容器からまず汁をのむ。熱いから、おそるおそる。それから白くふくれた麺を箸でつかんで、ずるるっと啜《すす》る。

赤いきつねは仁さんの部屋ではじめて食べた。あまめの出汁とじゅわじゅわのお揚げ、それからふわみちの麺がおいしい。「麺がふわみちだ」はじめて食べたときに仁さんに言ったら、仁さんは「はァ?」と言った。「ふわふわで、みちみちしてる」当は言いなおした。ふつうのうどんとは違う、ふしぎな食感の麺だった。

「あた坊はきつねが好きだな」仁さんは夢中でうどんを啜る当を見ながら言う。言いながら、灰皿にあった吸殻を指でのばして火をつける。たばこは体にわるいから、吸わない方がいいよと当は思うけれども、そんな野暮はもちろん言わない。このふわみちの麺だって、母が知ったらかんかんだろう。当たちは今、ふたりで不良をはたらいているのだ。

当は、家ではカップ麺を食べない。母は仕事がある日も当の夕飯をちゃんと作ってくれる。遅くなる日には、冷蔵庫に作り置きをしてくれる。それさえむずかしい日のために、冷凍庫にはレンジで温めるだけで食べられるものが入っている。生協で買った無添加のチャーハンや、餃子やからあげだ。母の料理はおいしい。冷凍食品もおいしい。冷凍食品を食べることになった日に、母は「ごめんね」と当に言う。「全然いいよ」と当は言う。全然いい。母の料理はもちろんおいしかったけれど、母が選んでくれた冷凍食品だっておいしかったから。

「きつねのほかには何が好きなんだ」と、仁さんに以前訊かれたことがある。当はぱっと何かひとつを選んで答えることができず、ううん、と唸った。カレーライスもシチューもからあげもチャーハンも好きだった。仁さんは？　と当が訊くと、「俺ァ、何てったってうなぎだね」と仁さんは言った。

「鰻屋の煙だけで酒がのめるし、うなぎのタレがしみてるだけで飯が丼二杯は食えるね」

仁さんと母の好きなものがおなじというのが意外で、何だかおかしくて、当は笑った。

「おいおい」仁さんは当が突然笑いだしたのを見て、自分も半笑いになりながら言った。

「俺がうなぎを好きなことの何がそんなにおかしいんだよ」

おかしくない、おかしくないんだけど、と言いながら、当はなおもくつくつ笑った。ちっとも似ていないのに、好きなものはおなじだなんて。当は母に似ているとよく言われたが、好きなものはいつも全然似ていなかった。ぼくはうなぎってあんまり好きじゃないんだけど、と当は言い、目尻からでた涙をぬぐった。

「好きでもないうなぎでそんなに笑えるなんて、あた坊はおかしなやつだな」仁さんは言った。「そんじゃあ、あた坊がべそかいたときには、好きなきつねより嫌いなうなぎを出してやるほうがよさそうだなァ」

赤いきつねを食べ終わり、お腹が満たされると当は眠たくなってくる。だけどそれって何だか赤ちゃんみたいだから、首を振ったり目をごしごしこすったりしてやり過ごす。風がつよくなってきた。仁さんは赤ペンを持ちながら、新聞を真剣に読んでいる。当はその姿を見て、宿題があったことを思いだす。そろそろ帰ります、と当が言うと、「おう」と仁さんは新聞から顔をあげる。母や古館さんと違い、仁さんは、大丈夫かとかひとりで平気かとか、そういうことをめったに言わない。ごちそうさまでしたと言いながら、当は台所でかるく容器と割り箸をすすぐ。かろうじて燃えるごみとプラスチックごみとに分別されている袋へそれぞれを捨てる。靴を履き、ドアを出るときにはまだ仁さんはおなじ場所で新聞とにらめっこをしているが、「じゃあ」と声をかけると、顔をあげる。「またなァ」

その日、古館さんは泊まっていった。強風で電車が止まり、それなら泊まっていけばと母が言ったのだ。明日は日曜日だし、当もいいよね、古館さんが泊まっても。当はいいよと言った。来客用の布団はひとつだけあったが寝る部屋は余分にないため、その晩は古館さん、当、母の順で川の字になって寝た。当はうまく眠れなかった。端で寝たいと言ったのに、なぜかふたりとも当が真ん中だと言ってきいてくれなかった。古館さんも母も、小さく鼾《いびき》をかいていた。べつべつのタイミングでふたりの鼾がやんだとき、当はその都度あわてて鼾のような音を喉からだした。当の狸寝入りを確認すると、ふたたび隣からも寝息がきこえた。当はやれやれと思いながら、外の風の音と両隣の鼾をきいていた。

すっかり風もおさまった翌日、「鰻屋にいこうか」と古館さんが言った。「駅前の、加代《かよ》子《こ》さんがいつも行きたがっていた店」古館さんは母のことを加代子さんと呼んだ。母は、やったね、と当に言った。うなぎだよ、うなぎ。駅まで行くだけなのに、母はいつもはつけないイヤリングをつけた。

鰻屋で古館さんがごちそうしてくれた鰻重は、重箱いっぱいに照りのある大きなうなぎが布団みたいに敷きつめられて、したの白米がほとんど見えなくなっていた。母は頬っぺたをおさえながら、幸せそうにうなぎを噛みしめていた。当は皮の部分の食感をごまかすためにたくさん水をのんだから、七割ほど食べたところでお腹がいっぱいになってしまった。古館さんは当に「うなぎ、あんまり好きじゃなかった?」と申し訳なさそうな顔で訊いた。当は首をぶんぶん振った。母は「食べ慣れてないからだよね」と言い、当のぶんのうなぎもぺろりとたいらげた。

鰻屋を出て、ごちそうさまでした、と当は古館さんに頭をさげた。いえいえ、と古館さんは言った。次は当くんの好きなものを食べにいこうな。古館さんはやさしく言って、今日は加代子さんに喜んでもらえてよかった、と続けた。

ふと、当は古館さんの背後から、仁さんが歩いてくるのを見つけた。仁さんは、いつものぼろの柄シャツに、すりきれそうな半ズボン、足にはサンダルを履いていて、手には缶チューハイを持っていた。あ、と思った瞬間、仁さんと当の目があった。

仁さんは当に気がつくと、「おう」と手をあげた。隣に立っていた母が顔をあげ、古館さんもふりかえった。瞬間、古館さんは当と母を守るみたいに後ろ手で制しながら前にでた。とっさに、当は仁さんから目をそらした。何も聞こえていないような顔をして、うなぎと書かれた暖簾のほうを見てしまった。

その全部が、たったコンマ数秒のできごとだった。

仁さんはあげた手をおろさず、そのまま反対側の手をあげた。斜めになった缶チューハイの中身が、びしゃっとすこしだけ路上にこぼれた。それから「おうううん」というような、不可思議な声をだし、伸びをした。

「腰が痛ェなァ」

ひとりごとみたいにそう言うと、古館さんのことも母のことも、もちろん当のことも見ないまま、肩をまわしながら通りすぎた。

古館さんを見送って、母と家まで帰る道すがら、当はずっと下をむいていた。さっき食べたうなぎの脂と濃いタレの味がまだ口のなかに残っていた。母はずっと何かをしゃべっていたけれど、その場しのぎの相槌を打ちながら、だって仕方ないじゃないか、と心のなかでつぶやいた。

仕方なかったんだし、大丈夫だよ。当はじぶんに言いきかせた。来週になれば、また銭湯であえば、仁さんはきっといつもどおり「おう」と言ってくれるだろう。歯のない顔でにたっと笑い、へんな歌をうたい、おもしろい話をきかせてくれる。たいしたことじゃない。大丈夫。

口のなかの不快さとおなじような気持ちのわるさが、腹の奥で鉛のように重くかたまっていくのがわかった。その感触をふりきるように、当はうつむいたまま歩調を速めた。「どうかした」心配そうに母が訊き、当は「何でもない」とこたえた。何でもない、何でもない。


けっきょく八匹のうなぎが臍から出てきた。精も根も尽き果てて、そのまま布団に倒れるようにして眠りこみ、昼過ぎにようやく起きだした当が洗面所へ行くと、うなぎは全部死んでいた。白い腹をうえにして、水のなかにぶよぶよ浮かぶうなぎの群れはうどんの麺にすこし似ていた。

それを見おろしながら、当は昨晩入っていた留守番電話のメッセージを聞く。

「来週末の三回忌のことです。予定通りやろうと思うんだけど、大丈夫ですか。今回も昼食には加代子さんの好きだった鰻をとりましょう。……当には、悪いんだけど」

悪いんだけど、と言いながらまったく悪びれず笑みすらふくんだその口ぶりに、当は思わずわらってしまう。ふいに、当は水に浮かんだ一匹のうなぎの腹に、ほくろのような点があることに気がついた。茶色いシミのようなそれは、指でつつくとそこだけちょっと硬かった。

マルギット・Kの鏡像

ishizawa mai

石沢麻依

列車が橋を渡り終えると、途端に写生帖の淡い黄色の紙が、柔らかく声を立てて笑い始めた。忍びやかな笑い声が次第に大きくなるうちに、落ち着き払った様子の手がそれを抑えにかかる。そのまま声は紙に閉じ込められ、何事もなかったかのように列車は大きく身体を揺さぶって、飴色に霞む風景の中を走ってゆく。三番目の妹、とFは陶器めいてつるりとした声で呟いた。いちばんお喋りだから、舌に翼が生えている。「食事の度に大変でしょう」私の言葉に、Fは訝しげに薄い色の眼差しを寄越してきた。「口の中が羽根でいっぱいになって、いちいち飲み込むことが難しそうですね」そう続けたところ、パン入りの紙袋を取り出すFの口許は、不透明な笑みで覆われた。口の中に鳥を飼うほど器用な人ではないよ。それに片翼しかないから、飛ぶことなどできないし。身内への皮肉とも愛情ともとれる言葉を吐くと、彼はそのまま茶色のパラフィン紙に包まれたサンドウィッチを一口齧った。すぐに舌の形をした白いチーズがべらりとこぼれて、パンの間で羽根が溢れかえったようにも見えた。白い欠片を喉に詰まらせることなく、画家は器用にチーズの残りをつまみ出し口に放り込む。彼が口を動かす度に、パンの皮にまぶした罌子《けし》の実が、砂粒のように写生帖の表紙に散らばり、ぱらぱらと軽やかに音を立てる。それを気に留める様子もなく、Ｆは埃に曇った窓から外を眺めていた。鈍く光る雲の下、古びた写真のセピア色に沈んだ光景が、どこまでも眠たげに広がっている。

六人掛けのコンパートメントに居るのは、Ｆと私だけであった。週日の午後のためか車内は閑散としており、列車の振動に大人しく身を任せる旅行者の姿を何人か見かけたのみである。窓際にさっさと位置を占めたＦは、作り付けの小卓に写生帖を載せたまま、ほとんどロをきくことはない。無心にパンを頬張る彼を、影の澱んだ隅の席から眺めるしかなく、私はこの旅の空間を持て余していた。

しかし、雑な扱いに不満を抱いた写生帖が、再び膨れ上がろうとしていた。紙の内に籠る声は今のところ小さな羽音ほどの大きさだが、やがてひび割れんばかりに張り上げられるかもしれない。対角線上に座る男は、子供じみた手つきでさっさとパンの欠片や罌子の実を表紙から払い落とす。優雅な長い指は、無造作に写生帖に居ついた顔の不満をなだめるが、代わりに私の隣の席に置いた黒い鞄の中から、籠った羽ばたきが何度も小さくこぼれてきた。それが騒がしくなるより先に、列車は見捨てられた街の駅舎に滑り込んでゆく。

涸れた水路から水の残り香が立ち込め、空気の飴色を微かに和らげる。ぶ厚い雲の隙間からこぼれる薄い日差しのもと、灰色の街は冬に閉じ込められたように褪せて見えた。通りに並ぶ石造りの建物はどれもが同じ顔をみせ、建物同士をつなぐ石橋や連絡橋が空を重たく塞いでいる。常に回り道を必要とする構造は遠近感を狂わせ、細い運河をはさんで見える建物や広場にたどり着くにも恐ろしく時間がかかるのだった。

水路が幾重にも走る街。そのほとんどは涸れて使い物にならず、わずかな地区を舟が行き来するばかりとなってしまった。水の行き交《か》いを中心とする街は、言い換えれば他の移動手段にとってはひどく面倒な造りとなっている。そのために、石畳の通りを走る車や自転車の姿はなく、時折歩行者の姿を小さく見かけるばかりである。しかし、こちらに向かう遠い人影も、不意に現れる細い路地にのみ込まれてしまい、すれ違うことは一度もなかった。

この街出身のFに付き添って、私は旅行用の小さなトランクを片手で引っ張りつつ、しなやかな黒の革鞄をもう片手に提げていた。中には、安定性を欠いた石膏像が仕舞い込まれている。不機嫌に蹲《うずくま》る黒犬とも見える鞄のせいで、次第に肩や腕は重たく痺れてゆく。疲労や不安のあまり、頭の中では幾度となく鞄を落としたりぶつけたりする光景が繰り返し現れ、仕舞いには取り返しのつかない一瞬という幻に囚われて、私の身体はひどく強張ってしまっていた。

一昨日、画家Fの妹の訃報が届いた。ちょうど彼が画廊に現れ、兄と打ち合わせをしていた時のこと、電話がぴりぴりと耳障りな音で鳴り出した。「兄はそちらに居ますか?」Fの名前を挙げる声は、柔らかな灰色の調子を帯びている。彼の電話に繋がらなくて、と声は申し訳なさげに沈むが、電話嫌いなFは極力呼び出しを拒み、この画廊の電話番号を誰にでも伝えているため、彼に関わる用件が全てこちらに舞い込んでくることになる。結果、兄の命で私はFの専属電話番もさせられていた。家族のことで急を要する話が、と語る声は思い出したように「妹のマルギット・Kです」と名乗る。すぐに「二番目の」と付け加えたが、そこには淡く笑みも含まれている気がした。受話器を手にしたFは一瞬黙り込み、それから落ち着かない口調で同じ問いを繰り返していた。葬儀か、と察しをつけた兄は「お前も付いてゆけよ」と私の背を小突く。顔をしかめれば、「Fの身内はもう妹たちだけらしい。親類ともとうに縁が切れている以上、人手があった方がいいだろう。Fとは長年の付き合いがあるのだから」と兄は尤もらしいことを口にし、私の返事を待たずに、電話を終えた画家に近づく。そして、そっと手をくるむような同情の色を浮かべつつも、旅の同行と葬儀の手伝いとしてあからさまに私の名前を挙げてみせた。兄が気にかけているのは、妹を亡くしたばかりのFの状態ではなく、彼が手がけている作品の進み具合であった。以前、水路の街に戻った際、画家はその後半年ほど姿をくらましたことがある。それに懲りた兄は私を電話番にしてFの足取りを把握するばかりか、今回は逃げ出さないよう見張らせることを思いついたのだ。

Ｆと妹の間でどのように話がついたのかは分からないものの、再び電話でやりとりをした後、彼の一番目の妹の葬儀に私も付いてゆくことになっていた。ただし、とＦはひとつ条件を出す。〈眠り〉と名付けられた石膏像に付き添い、彼の家に滞在する間はその面倒を見る、というものだった。

〈眠り〉は白い頭部像であるが、左耳にあたる部分だけが青く彩色されている。その位置に耳はなく、小さな翼だけがうっそりと広げられていた。その面差しはＦを彷彿とさせるばかりか、彼の写生帖にある妹たちの顔にもよく似ていた。〈眠り〉のモデルとなった顔のひとりが亡くなり、それを写し取った石膏の顔が葬儀へと向かっている。列車内の落ち着きのなさが嘘のように、鞄の中で羽音を立てることもなく、白い頭部像は静かに寝入っているようだった。


訪問者が絶えて久しいというＦの生家もまた、ぐるりと水路に取り囲まれている。石に刻まれた水位線よりはるか低い位置に水は澱み、何処にも行き場のないまま静まり返っていた。黒とも緑ともつかぬ重たい色は、逆しまに家の表情を映すばかり。こうして流れを失った水が、水路のそこかしこに取り残され、ゆっくり涸れてゆくうちに、街は泥のように深く眠りに潜り込んでいったのだ。

水路が利用できた頃、街は時計製造業で潤っていたという。そもそも水路自体が交通網として機能していただけではなく、街全体を時計とするための仕組みの一環だったのだ。水の流れを動力として、街の主要な建物や屋敷の水路に仕掛けられた鐘が、それぞれ決まった時間に鳴り響く。Fの生家は午前三時を担い、夜が最も深くなる頃、水路に半ば沈んだ鐘が寂しく透明な音を奏でたそうだ。とはいえども、この精巧な時計も水涸れに伴い、ほとんど動きを止めてしまうと、街全体が時間の流れから取り残されてしまうことになったのである。

水路と鬱蒼とした木立の二重の垣根の奥、そこに灰色の家が表情を欠いたまま佇む。かつて街の有力者に数えられていたFの家は、眠りを妨げることのない時計を制作し商っていた。夜に眠りから取り残される人たちにとって、時計の針の音は何よりも恐ろしいものである。夜を引き延ばし、暗闇の中で存在感を剝き出しにする時間は、不安を掻き立て、眠りから遠ざけることになるからだ。そこで、夜の孤独に住人を落とし込むことのない時計が考案された。しかし、その技術は廃れ、今ではFの七人の妹が睡眠用の砂時計を細々と作りながら暮らしているとの話だった。

玄関ホールでFと私を出迎えたのは、水色の袖と襟がついた山吹色の服をまとった女性だった。白く飾り気のない空間は、微かに松の冷たい匂いに満ち、女性の足元には濃紺の絨毯が敷き詰められ、赤い罌子の花が一面に織り込まれている。「妹のマルギットです」

赤茶色の長い髪に薄い色の目をした人はそう名乗る。「ああ、画廊に電話をくださった方」「いいえ、それは二番目。私は四番目」妹たちは皆ファーストネームがマルギット。画家が横から説明を入れると、他人事と言わんばかりに女性の顔はさっと無表情に閉ざされてしまった。

Ｆとこの妹の顔は、すっかり同じ特徴を備えている。えらの張った四角い顔の輪郭、しっかりとした顎、長い鼻筋にぽってりとした下唇、真っ直ぐな眉と薄い色の眼。唯一異なるのが髪の色くらいだが、その似通い方のせいで二人の顔は性別や年齢差をもってしても区別しづらく、互いが互いの残像であるかのようにも見えた。Ｆと同じくらいの上背やかっちりした肩幅は、妙に目に馴染んで映るが、それもそのはず、私は紹介される前からすでに写生帖の中の彼女たちに会っているのだ。

落ち着かなげにＦは階段へ向かおうとしたが、すぐに四番目のマルギットに引き留められた。「何処へ行くつもり？」亡くなった妹の顔を見に、と答える画家に、彼女はため息をつく。「今日だけはひとりにしてあげて。これはマルギットの最期の意向だから、明日にして頂戴」幼い子供のように目を見開く彼をなだめようと、四番目の妹は淡々と言葉を重ねる。「死後三日経ったら、あなたに顔を見せてもいいって」復活でもするつもりか、と彼は小さくこぼすが、大人しく提案を受け入れることにしたようだ。

四番目の妹に促されたＦは、旅行トランクを引きずりつつ階段に向かう。土埃のついた車輪が、絨毯の罌子の花模様の上を走ると、綻びかけていた紅の糸が引っかかり絡みついた。糸が細長い影となって引きずられるうちに、罌子の花の赤は薄れ、花弁がひとつずつ枯れて消えていった。

滞在用に、と私に用意されていたのは、かつてFがアトリエとして使っていた二階の部屋の隣だった。隣室へ続く扉はあるが、何かがつかえているらしく、細く開くのが精いっぱいだった。小型トランクと鞄を床に置くと、何よりも先に石膏像の確認をすることにした。すでに腕は痺れて、中途半端に肘を曲げたまま強張ってしまっている。私の腕もまた石膏となり、ごとりと床に転がりそうな具合。鞄を開けると、濃紺のショールで幾重にもくるまれた包みが姿を現す。幸いなことに、石膏の頭部像には何も欠けたところがなかった。薄暗い室内で茫洋と浮かび上がる顔は、生の気配を拭い去ったFや四番目のマルギットの肖像とも見えた。窓に近い書き物机に載せると、〈眠り〉は左耳代わりの翼を広げ、じっと聞き耳を立てるような様子を見せる。少しばかり気が楽になった私は、トランクに詰めておいた喪服を取り出し広げた。重たい生地の上で丸い黒釦《くろボタン》は鏡面となって、幾つも壁際の頭部像を映し込んでいる。
隣室で扉が開く音と共に足音が軽やかに響き、小さな笑い声がこぼれてくる。それは画廊の電話越しに耳にした声に似ており、Fの妹たちのうちの誰かが滞在に備えて何かを運び入れたのかもしれなかった。そのまま続き扉を軽く叩くと、半時間後に夕食です、と伝えて足音は静かに消えてゆく。廊下の絨毯が気配を吸い込むのか、すぐに衣擦れも足音も聞こえなくなった。その時、ぱちりと何かの弾ける音が私の耳を軽く打つ。そして、それに続く硬い物が転がる音。慌てて背後を振り返ると、床の敷物の上に右耳を下にして石膏頭部が横倒しになっており、喪服の黒釦がすべて引きちぎられ、辺りに散らばっていた。石膏見れば、その口元に釦を服に縫い留めていた黒い糸がまとわりついていた。滞在中の世話、と言ったFの言葉の意味を、私はここでようやく知ることになる。

その日の夕食。食堂の大きな楕円形の食卓に並べられていたのは、三人分の食器だけだった。十人ほど腰を下ろせるそこに先に席についていたFは、私の顔を見るなり、〈眠り〉は？　と石膏像のことを訊いてくる。「服の釦を全部引きちぎられました」と答えれば、鳥みたいなことをするんだよね、あれは、と愛おし気に微笑む。部屋にいない間に何をしでかすか分からないので、私は〈眠り〉を再びショール巻きにして鞄に仕舞い込んでおいた。数日もすれば大人しくなる、という画家の言葉に何か言い返そうとした時、マルギットが蓋つきの保温皿を抱えて食堂に姿を現した。濃い青のセーターに山吹色のスカートをまとった女性は、私に目を留めると「三番目です」と軽やかに声を転がした。他のマルギットたちは？　途方に暮れたようなFの物言いに、彼女の声が被さる。「大型砂時計の急な依頼で手が離せないの。葬儀までに仕上げたいから、時間があまり取れない」淡々と説明を終えると保温皿の蓋を開け、各自の皿の上に焼いた鴨肉や温野菜、茸のキッシュを載せていった。

赤茶色の髪に薄い色の眼の馴染み深い肖像。Fの三番目の妹も、反復される顔の持ち主のひとりだった。列車の中で写生帖から漏れ聞こえた声が、目の前の女性の口から溢れて、だだっ広い食卓の上に言葉をころころと転がしてゆく。画家が言ったように、舌に翼が生えているというのも頷きたくなるほど、重たくなりがちな食事の雰囲気を巧みに消し去ってのけた。しかし、湧き出る言葉や豊かな抑揚とは裏腹に、マルギットの表情はさほど変わらず静まり返っている。そして、彼女の語りは不思議な後味を残す。亡くなった一番目も含め、三番目はマルギットたちにまつわる記憶を披露する。その澱みのない水のような語りには奇妙な癖があり、「彼女」が「私」に、あるいは「私」が「彼女」になり代わって、匿名性が増してゆくのだ。よく聞けば、「私たち」と言うべきところも、「私」という言葉に置き換えられている。この主語と動詞の語形の曖昧さのために、結局は全て彼女ひとりの話のように思われた。加えて、溢れる過去の断片の中、七番目のマルギットの姿だけは浮かび上がってくることはない。

食後の口直しとして、罌子の実のケーキをマルギットは運んでくる。柔らかなスポンジの間で、罌子の実クリームは黒胡麻の餡のように重たくしっとりと蹲っている。しかし、口に含むとそれは思いがけずどろりと甘く崩れ、舌に絡みついて飲み込むことが難しい。口に残る後味は一本の糸となり喉の奥を這うが、それは絨毯の罌子の花を形作る赤い色をしているのかもしれなかった。
食事が終わり席を立とうとした時、私は喪服と糸の切れた釦のことを思い出し、針と糸を貸してほしい、とマルギットに頼んでみた。唇に指を当てて考え込んだ後、薄い色の眼を私に向け、「五番目のマルギットなら」と口にする。「三階の東廊下の奥にある衣裳部屋に行けば、針箱を見つけてくれますよ」そう言うと、Fの方を見ることなく、さっさと立ち上がり席を離れる。そして、部屋の隅に置かれた砂時計を引っくり返し、食堂を出ていった。さらさらと重なる密やかな音。細長い飾り瓶に見えたその呟きが、部屋の重い静けさを際立たせる。彼女の皿に眼をやれば、口にされなかった罌子の実ケーキが寂しく残され、その上には青ざめた羽根が幾つも散らばっていた。

暗くした部屋の窓から、夜更けの寝静まった街を眺めていると、渡りゆく風の声が耳をかすめた。石造りの街の中で、それは通り過ぎる列車や、時間の奥に消えた水路の流れを真似た響きとなる。遠く駅舎の辺りで、送電線が寂しい唸り声をあげる。その度に赤いライトが瞬きを繰り返し、夜に罌子の花を咲かせては花弁を散らす。この赤い花は廊下にも咲き誇り、夜の庭園に特有の香りを奏でるだろう。湿り気のある土の匂い。色濃く重たい緑の気配。夜の風が廊下を吹き抜けると、濃紺の布地の中の花弁は散り、赤い糸となって横たわる。

風のたてる物音に動揺することなく、鞄の中で石膏の〈眠り〉はひっそりと静まり返っていた。しかし、何か夜気を震わせる気配は止むことはない。隣のアトリエに続く扉から、絶え間なくかさかさと乾いた音がこぼれてくる。そこに押し殺された囁きが混じり、次第に密やかな会話となって耳を撫でるのだった。ねえ、と声は囁く。「何故Fに連絡したの?」「仕方がないでしょう」「帰省の時には必ずあの子を連れ帰って来るから」「私にはあれが必要なの」「でも一番目はどうするの?」「眠る顔を描かれるんでしょう? 絶対に嫌」「眠りではなく死に顔の方」「どちらにしても同じこと」「また描かれる」「そして閉じ込められる」

幾人もの声が重なり合いながら震え、そして散ってゆく。電話や写生帖から漏れ聞こえ、玄関ホールや食堂で交わした声たちに似ているが、声には輪郭がなく語りも滑らかなことから、ただひとりの人の喉から発せられた独話《モノローグ》とも聞こえるのだった。やがて午前三時になると、水路は虚ろに透き通った声を上げる。この家を取り囲む澱んだ水は、かつての習慣を捨てきれず、今でも時を刻もうとするのだろう。その音が波紋となって夜を揺さぶるうちに、隣室の会話は止み、声の気配も乾いた物音も聞こえなくなった。

翌朝、一階の長廊下を歩いていると、こちらに向かってくる六番目のマルギットと出会った。廊下の白壁の一方には、窓と小さな壁龕《へきがん》が交互に並んでいる。窓から取り込まれた光に、辺りは白くぼんやりと照らされ、逆に壁龕の内では影が小さくわだかまっていた。そのひとつひとつに置かれた砂時計は、深く澄んだ青を内に抱えている。二つの硝子半球の下部に青い砂が、上の方には青い羽根が一枚閉じ込められていた。女性は壁龕に差し掛かる度に、砂時計を引っくり返す。白い廊下は次第に砂のさざめきに満たされ、私たちの足音はそれに埋もれてゆく。

すれ違おうとする時に初めて、女性の眼が私に向けられた。藍色の服に身を包み、赤茶色の髪をまとめて特徴的な顔の輪郭を露わにしたその人は、昨日出会った二人のマルギットと同じ顔をしていた。彼女は耳に馴染んだ名前を口にすると、「私は六番目」とうっすら笑みを浮かべる。

「昨夜は深く眠れましたか?」手近の砂時計を引っくり返しながら、マルギットは私に問いかけてきた。硝子の内で砂が少しずつこぼれ落ち、青い羽根の上に積もってゆく。夜半過ぎの声のことが頭の中を過《よぎ》るが、目の前にいる女性の表情も声色も柔らかく平坦で、何かを探ろうとする様子は見られなかった。この問いも、単なる訪問客用の礼儀正しい会話の糸口に過ぎないのだろう。「あまり」と私は答える。「もともと寝つきが悪い上に、長い移動の後は列車の振動が身体に残ってしまうのか、うまく眠りにつけないんです」私の返事を聞くと、この六番目の女性は睡眠用砂時計を試すようにと言葉を続けた。廊下に並ぶ残りの砂時計をすべて逆さに置き直すと、彼女は私を連れて元来た方向へ引き返し、その先にあるという工房へと案内してくれた。「ところで、何故砂時計を全部引っくり返すんですか?」「朝のうちに砂を戻さないと、夜使えないからです」睡眠用砂時計を満たす砂粒は、一晩をかけて羽根のある半球から、空白の硝子の内にこぼれ落ちるように設定されている。それを操作するのが、弁となる羽根なのだ。砂と共にずり落ちるそれは、細い硝子の喉を塞ぎ、流れと音に変化をつけてゆく。「絶え間ない一定の流れって、眠りを邪魔するものなんですよ。同じ調子の音に、耳や意識は飽和してしまうから」羽根が調整する砂の流れは、小さな旋律となって意識の表面に沿い、眠りへと繋いでゆく。六番目のマルギットは、三番目ほど舌は踊らないものの、そのようによどみなく言葉を重ねていった。

案内された工房は、高い半円状の天井を載せた細長い空間だった。壁際には砂時計を仕舞う棚がずらりと置かれ、それに向かい合う形で小さな作業部屋が並ぶ。各部屋の奥に大きく穿たれた窓と、手前に置かれた木の作業机。その造りは、修道院の宿坊という言葉が相応しいのだろう。私のおおよその睡眠時間を訊くと、マルギットは棚から砂時計をひとつ取り出して手渡してくれた。細く優雅な硝子の植物的な造りと、羽根を沈める青の粒。六つ並んだ小部屋のうち、一番手前が私の作業場所です。砂時計に何かあれば、遠慮なく訪ねてください、と言われ頷きつつも、ある言葉に躓いた私は尋ねる。七番目の妹さんの部屋は？　その問いかけに彼女の眼は訝しげに細められた。私たちマルギットは六人だけ。

三階の古い衣裳部屋は、長々と延びる廊下よりもなおのこと薄暗い。天窓と小さな電球を除いて光源はなく、床から天井まで螺旋階段状に設《しつら》えられた衣裳棚が壁をすっかり覆っていた。そこに同じ型と色の服が七枚ずつ、緞帳のように釣り下がる。私が訪ねた時、五番目のマルギットは黒と見紛う深緑の装いをし、影絵となって服の間に潜り込んでいた。

「何をしているんですか？」「服がひとつ見当たらないんです」困惑の色を滲ませて、襟元の詰まった象牙色の服を指した。六枚だけの白の群れは安定を欠いたまま、どこか居心地悪そうに肩を寄せ合っている。しばらくかき回した後、「見つからないようです」と俯いた赤茶色の髪に白い筋が幾つも走っている。白髪と見えたそれは、彼女が頭を振るとあっさり抜け落ち、床の上に青ざめた羽根となって散らばった。それに手を伸ばすと、服探しの邪魔だと言わんばかりに、ぐいぐいと扉の外に押しやられた。慌てて「針箱」と口にすれば、私の手の中に気の利いた奇術のようにそれが現れる。一方、突き出した五番目の手はすぐに引っ込められ、容赦なく扉は閉ざされた。

私が廊下の東側で締め出されていた頃、Fの姿は西側に並ぶ扉のひとつ、その奥へと静かに消えていった。階段のそばの部屋からこぼれる蠟燭の光と重たい花の香り、そして写生帖を手にした画家の黒い装いから、一番目のマルギットが眠る部屋なのだろう、と考え

文藝春秋の新刊

9
2023

「明治村にて」©大高郁子

●インチキ教祖から宗教2世の少女を救い出せ！
石田衣良
神の呪われた子
池袋ウエストゲートパークXIX
ウイスキーバブル、過激な推し活、連続強盗団……停滞する日本で起こっているトラブルに、マコトが立ち向かう。シリーズ第19弾
◆9月11日
四六判
上製カバー装
1870円
391745-0

●青春小説家が描く、青春の終《しま》い方
額賀 澪
青春をクビになって
「雇い止め」という冷たい現実を前に、研究を愛するポスドクが下した決断とは――。社会に横たわる痛切な苦みを描く、著者新境地
◆9月11日
四六判
並製カバー装
1760円
391746-7

●21世紀の『十角館の殺人』がマレーシアから登場
王元 玉田 誠訳
君のために鐘は鳴る
デジタル機器に囲まれた日常の疲れを癒すデジタル・デトックスが行われた孤島で連続殺人事件が。島田荘司賞受賞の傑作21世紀本格
◆9月12日
四六判
並製カバー装
1980円
391747-4

●非常識で、冷笑的な人々が増えたこの国で――
内田 樹
街場の成熟論
なぜ複雑な話は「複雑なまま」扱ったほうがよいのか？ 親切、品位、勇気…失われゆく徳目を明らかにし「大人の頭数」を増やす本
◆9月13日
四六判
並製カバー装
1760円
391756-6

●「余命宣告」を受けた大人気声優が語るあの日のこと
病める時も健やかなる時も
『涼宮ハルヒの憂鬱』の朝比奈みくる役で大人気だった後藤は、人
…12日
…判
…カバー装
…70円
…738-2

◆発売日、定価は変更になる場合があります。
表示した価格は定価です。消費税は含まれています。

たかぎなおこ

ごはん対策など　お役立ちネタた
っぷりのお弁当コミックエッセイ

◆9月
A５判
並製カ
132
3917

●メタボは嘘だった!?　そのダイエットで早死にする！

50歳を過ぎたらダイエットしてはいけない

メタボの嘘と肥満パラドックスの真実

灰本 元

メタボに科学的根拠はない。小太りの人が結局長生きする。これまでの健康常識を覆す「肥満パラドックス」のすべてがわかる！

◆９月26日
四六判
並製
1650円
391757-3

●英Fタイムズが「最後の逆転にやられる確率100％」と絶賛！

ハンティング・タイム

ジェフリー・ディーヴァー　池田真紀子訳

逃亡する天才エンジニアを追う暴力のプロ２組。彼らより先に彼女を発見・救出せよ。全ての予測を裏切るショウ・シリーズ最高傑作

◆９月26日
四六判
上製カバー装
3080円
391758-0

●「学校に行きとうなか…」朝、息子はそう言った

大原さんちの不登校

大原由軌子

大原家の次男坊レイが不登校になった。原因はゲーム中毒か課題か、はたまた発達障害か体罰か……!?親子で読みたい実録コミック

◆９月８日
Ａ５判
並製カバー装
990円
090151-3

●「また俺、ヤっちゃいました…」系勇者様は今日も旅立てない!!

勇者様、昨夜もお楽しみでしたね。1

おちR

魅力的なヒロインたちに誘惑されまくりで最初の村から一向に旅立てない主人公!!「また俺、ヤっちゃいました…」系勇者誕生！

◆９月27日
Ｂ６判
並製カバー装
792円
090152-0

る。この中では今、Fが妹の死に顔まで描き留めようとしている。部屋の前に広がる庭園風の絨毯の上で、罌子の花はすべて糸が解け枯れていた。糸は細い赤蛇となってのたくり、通り過ぎる私をじっと見つめる。

階段を降りかけた時、乱暴に扉が開く音と共にFが吐き出された。ひどく動揺した様子の彼は、誰もいない、という言葉をひたすら繰り返すだけである。私に眼もくれず、そのまま階段を駆け下りてゆく後ろ姿に、マルギット、と高く呼ぶ声が尾を引く。マルギット。途方に暮れて母親を探し回るかのようなその響き。踵を返して覗き込んだが、蠟と花の香りに息苦しく濁った部屋の中、確かに棺となる白い寝台に誰かが横たわっていた気配はなかった。騒ぎを聞きつけたらしく、衣裳部屋の扉が小さく開いて羽根交じりの頭が様子を窺っている。そちらに目を向けると、すぐに手が伸びてきて扉は閉められ、何事もなかったように表情を取り繕ってみせるのだった。

しかし、奇妙な消失はこれだけでは済まなかった。部屋に戻ると、床に大きく広がるショールの濃紺が目に飛び込んできた。そのそばにぐったり横たわる黒の鞄。私の不在をいいことに、鞄の中から石膏像までもが姿を消していたのだ。

慌てた私が〈眠り〉の像を探し回っている間に、Fと妹たちの話し合いは済んでいた。一番目のマルギットが消えた以上、彼女の死は保留にされ、葬儀も延期となるとのことだった。当然、Fの滞在もそれに合わせて延びることになる。マルギットが再び現れ、その死を描き留めるまで。薄っぺらい詩のようなFの言葉をそのまま兄に伝えたところ、予想に違わず彼の怒りに火をつけることになった。玄関ホールの隅に置かれた電話で、画廊の兄に連絡をとった時のことだった。葬儀の取り止めとFの滞在延長を告げると、電話の向こうで不機嫌な沈黙が立ち込める。だが結局のところ、Fの意向が変わるはずもなく、それを渋々と受け入れた兄は、写生帖を顔で満たすように強く命じてきた。画家の妹たちの肖像。兄の思惑には、亡くなった一番目のマルギットも含まれている。「Fが何としても描いておきたいというのなら、死に顔も重要な作品の種だ。あいつの妹たちの時間も死もすべて。できるだけ多く種を集めておけ」兄の頭の中でそれは咲き誇る薔薇のようなものとなっているのかもしれない。何十枚ものカンヴァスの中、美しく反復される顔。しかし、写生帖のマルギットたちは、夜になると紙の中から何かを訴え続ける。もし兄の望むように大人しく絵の内に収まるのなら、その時マルギットたちの美は、単なる花の名称めいたものに過ぎなくなるだろう。

電話を切って兄の声を置き去りにした時、階段の上から私を見つめるマルギットの静かな眼差しに気がついた。窓を背にして逆光となった顔は、未完成の肖像画のように影以外の何も読みとることはできない。今そこに佇むのは、何番目のマルギットなのだろう。同じ顔が幾重にも繰り返されるこの家では、その疑問は意味をなさないかもしれない。ただ、去り際に眼差しに込められた憐れみの色だけが、しばらくは私の視界に消えない染みとなって留まり続けた。


水路が澱み流れを失い、水時計もまた動きを止めている。時間が停滞したこの街で、唯一時を刻むのは砂時計なのかもしれない。朝と夜、二回にわたり流れ落ちる砂の音。Fの妹たちは忍びやかに廊下から廊下へと渡り歩き、砂時計を引っくり返し続ける。彼女たちの行為は時間を計り繋ぐというよりも、夜の眠りのために時を整えているという方が相応しいだろう。朝の砂の音は柔らかながらも単調だが、夜になれば羽根の効果で眠りへ誘う旋律となる。その幾重にも連なる音は、声たちの会話や翼の震え、絨毯のざわめきと混ざり合い、耳の中で日に日にその区別は曖昧になってゆく。

家の中で石膏像探しを続ける私の視界に、彼女たちが過る姿がちらりと入り込む。しかし、必ずひとりで現れ、二人以上が一緒にいる姿を見たことはない。時間の化身のように規則正しく、マルギットたちは砂時計と眠りを管理し続ける。

丸い硝子から硝子へ移動する砂の正体は、罌子の種だとのことである。貝殻や鉱物、硝子を砕いて色々と試した挙句、種が睡眠導入に最も心地が良い音を奏でると分かった。ある時、六番目のマルギットはそう説明した。石膏像の〈眠り〉が工房に紛れ込んでいる可能性に思い当たり、作業部屋を訪ねて事情を話したところ、彼女は捜索に手を貸してくれることになった。「あの青はどうしたんですか?」砂粒状の種の色について、棚の中を覗き回りながら訊く。「もちろん染色」「どんな染料?」答えがないまま作業机の下を見ると、そこに散らばる青ざめたものが目に飛び込む。まき散らされた小さな羽根。何も気づかない風のマルギットは、小休止の際に罌子の実をまぶした菓子を私に勧めてきた。お茶や食後の口直しの度に、罌子の実ケーキや焼き菓子が並べられるが、それを口にするのを躊躇うようになってきた。時計の硝子の内で、毎日繰り返し降り積もる罌子の種。その音が私の中にも重なり続け、種に喉を塞がれている感触が拭えずにいた。

妹たちが砂時計を制作し、日夜砂を動かしている間、Fの写生帖はマルギットの顔で埋められていった。淡い黄色の紙には同じ顔が微笑を浮かべ、謎めいた表情を見せている。すでに彼の何番目の妹なのか区別がつかないそれは、砂時計的な時間の寓意なのかもしれない。線となってどこかに流れてゆくのではなく、常に一定量の反復の中に閉じ込められるもの。それに倦み疲れたのか、彼女たちの肖像は次第に影を重ねていった。そして、波紋のように次から次へと繰り返される顔に、いつしか片翼が追加されるようになった。〈眠り〉の石膏像に見られたのと同じ形状のそれは、目元やこめかみ、耳、口を覆い隠し、長い髪の間にもまぎれ込んでいる。次第に翼の占める割合が大きくなってきた頃、Fはそれ以上妹たちを描くことを止めてしまった。

マルギットの肖像が反復されるのに対し、Ｆの顔は消失の一途をたどっている。廊下ですれ違う度に、Ｆの顔立ちが彼の妹そのものとなっていることは見間違いようがなかった。画家と妹たちは驚くほどよく似ているものの、今ではマルギットたちのひとりとも言うべき類似性を見せている。終わりの見えない滞在の間、似た顔を何度も描き留めるうちに、彼の顔の奥に沈んでいた妹の面影が次第に浮かび上がってきたのだろう。目鼻立ちの淡い覆いがはがれ、輪郭があるべき姿に落ち着いたような感じである。彼の絵画に繰り返し現れた女性の肖像は、画家の顔というカンヴァスに定着したのだ。もう彼は描くことはないかもしれない、と私は思う。描かれる妹たちが兄の絵の写し身なのではなく、Ｆの方こそが彼女たちの鏡像なのだろう。

同時に、マルギットたちの朝と夜の時間の運行に、小さな齟齬が現れ始めた。決まったパターンで歩く彼女たちに混ざって、不規則に動き回るマルギットの姿が目に付くようになった。廊下の砂時計の配置とは無関係に、象牙色の服の裾を引きずり、赤茶色の髪を柔らかく浮遊させ、彼女は廊下や部屋を渡り歩く。白がもたらす不協和音。その人影はゆっくりと、この家の閉ざされた時間に綻びを作っていった。

真夜中、水路の鐘が遠い記憶のままに鳴り出す頃、砂の時間は静かに途絶えた。六番目のマルギットから渡された砂時計は、初めてその旋律を止め沈黙している。見れば、蜂の腰と呼ばれる細いくびれ部分を羽根がしっかりと塞いでいた。羽根に息を詰まらせ、罌子の種は一粒たりとも流れ落ちることはない。

隣のアトリエだけが、この夜もまた変わらず物音に溢れている。扉の向こうからこぼれるのは乾いた紙のざわめきに、囁き声で交わされる会話。そこに軽やかに空気を叩く音と、声をそっと撫でまわすような気配が入り交じる。好奇心に柔らかに背を押され、私の手は二つの部屋を繋ぐ扉の取っ手にかかり、そして眼はひたりと細い隙間に押し当てられた。

夜のアトリエは無観客の舞台となっていた。窓から差し込む月明りの中、Fの写生帖が紙をかさつかせながら何かを語り続けている。その声は紙の間からこぼれ落ちるマルギットたちのもの。白い陶器めいて滑らかに抑揚のない声たち。写生帖に閉じ込められていたFの妹たちの顔が互いに言葉をかける度に、紙のめくれる音が重なるのだ。一見すれば写生帖の独話《モノローグ》に過ぎないが、実際のところは肖像たちの対話《ダイアローグ》なのだろう。次第に彼女たちの言葉は熱を帯び、紙がよじれてゆく。その騒ぎをなだめるかのように、影の中からぽんぽんと手が打ち鳴らされた。写生帖の舞台に赤茶色の髪の女性が、石膏像の〈眠り〉を抱えて登場する。〈眠り〉を写生帖のそばに置いた手は引っ込められ、数人の足音が重なり、明かりの中でくるりと身を翻せば、影は幾重にもぶれるが、俯いた顔はひとり孤独に浮き上がっている。互いの身体がぶつかれば、均衡を失いよろける彼女に、すぐに幾つもの暗がりから手が差し伸べられるものの、すぐに行き場をなくした腕はだらりと下がり、何人かの顔が背けられた。波紋のように互いに重なる姿に、そこにいるのはマルギットなのか、マルギットたちなのか捉えきれず、私の眼は混乱する。そして、混乱をさらに煽るのが、彼女や彼女たちを覆い隠す小さな片翼の存在だった。口元が羽根で溢れかえるかと思えば、喉の周りをショール状に覆い、腕輪となって手首を包んだり、髪の間から覗いたりと青の翼は身体の至るところにぶら下がっているのだった。その澄んだ深い青は、〈眠り〉の左耳代わりを彩るものとすっかり同じである。片翼は軽やかに空気を撫で、そしてマルギットやマルギットたちの姿を隠し、陶器の声をくぐもらせる。

「砂時計がもう動かない」「この家の時間も止まった」「彼はもう私を、私たちを描くことはない」「七人目がいるから」「だから逃げられる」「ここから」ここから、と繰り返される時、マルギットたちが初めて一緒に月明りの舞台に並ぶ。暗い青を載せた片翼を身に着け、それぞれが眠りの像となって。彼女たちは互いに目を合わせることはなく、むしろ互いの姿を映さないよう眼差しは自らの内に向けられていた。その美しい静止した波紋はすぐに壊れ、写生帖に伸ばした手が、思い切りよく紙を引き裂いてゆく。裂かれるその端から、淡い黄色の紙は青い羽根に姿を変え宙に舞い、すぐにマルギットを覆っていった。羽根に包まれた腕が、彼女たちの顔をした石膏像を高く持ち上げ床に叩きつけると、ざあっと音を立てて〈眠り〉は青く染まった罌子の種に変わった。同時に私の背後で、そして家中の壁龕で砂時計の硝子が割れ砕け、閉じ込められていた罌子の種が一斉に床を叩く。種はすぐに芽吹き、狂った時間の中で赤く咲いては枯れ、再び花弁をつける。その騒ぎにマルギットたちは、心から愉し気に笑い声をあげ、その度に溢れる羽根にむせながらもさらに笑いに打ち震える。途端に廊下側の扉が大きく開かれ、象牙色の服に赤茶色の長い髪を垂らした姿が飛び込んできた。部屋の混乱に呆然としたその隙に、マルギットは耳に二つの青い翼をひらひらさせ、青い羽根に包まれたまま、その横を素早くすり抜けてゆく。彼女の足は勢いよく、罌子の花がひとつも残らない夜の色の絨毯を踏みしめ、砂時計の残骸を蹴散らすうちに、羽根を上手くまとって鳥のようなものに姿を変える。そして、そのまま廊下の窓を突き破って飛び出した。空はいつの間にか青に満ち、その色は舞台の終わりか、もしくは幕開けなのか分からないものの、青ざめた鳥姿のマルギットを迎え入れる。

行方知らずの服に身を包んだマルギットは身を翻し、窓に駆け寄ろうとして、廃園のような有様の絨毯に足を取られ躓く。すると、長い赤茶色の髪が頭から、すっぽり抜け落ちた。絨毯の罌子の花の糸を集めて作った鬘《かつら》は、立ち尽くすだけのFの足元に転がる。七人目にしてただひとり置き去りにされたマルギット。遅れて登場した主演女優のような姿のまま、Fはすっかり途方に暮れていることだろう。現身の方が消えて写し身だけが残ったのなら、それはすでにカンヴァスに閉じ込められたのも同然だ。写生帖の妹の顔が羽根に変わり、砂時計の時間を反復するマルギットたちが、ようやくまともな翼を得て消えた。鏡を覗き込む姿もないままその内に留まるしかないFは、空白の写生帖となってしまったのだろうか。このマルギットの鏡像を、画廊の兄のもとに届けるべきかどうか、時間の分からない場所で私は悩み続ける。

茶会

n u m a t a   s h i n s u k e

沼田真佑

若者というには、若さの絶えて見る影もない、この青年。名前を思い出せない以上、どうやらここは男とするしかないようなのである。
岩佐だったか、石和だったか。はたまた真崎と名乗ったのだったか。いや、こちらは下の名前で、あるいは正樹とでも当てるんだろうかと空しく思いめぐらすうち、男が老《ふ》けて見えるのには、その身をくるみこんでいる上等なコートに、何か与るところがあるんじゃないかと思い至った。先ほど立ち寄った、たしか木場《こば》だとかいったパーキングエリアで、無考えにも地べたに腰をおろしたりしていたものだから、裾のあたりに砂粒がついてしまっている。

福岡というのは案外近い、それにまたやけに人で混む空港だとの感想を持ったのは昨日、用談を終えたその足で羽田へ向かい、二時間ほどのフライトを終えての、夜の七時過ぎのことだった。空港直通の地下鉄で中洲《なかす》川端《かわばた》駅へ行き、ホテルに荷を置くと、天神四丁目までの長くもない道のりを、川づらを渡る夜風に吹かれながら歩いた。九州くんだりまでやって来たのは、長崎で催される茶事《ちゃじ》に出席するのが目的で、福岡へはいわゆる前乗りといった形での訪問となった。

問題のその茶事だが、大口取引先の主催にかかるもので、招待を受けた企業は各社一名ずつ社員を差し出すというのが、長らく年の瀬の慣例になっている。競合他社の面々が一堂に会し、会長が手ずから点《た》てる濃茶《こいちゃ》を飲まされることになるわけだが、振る舞われるのがあくまで茶のみ、お道具拝見といった諸作法も廃されているのが大きな救いで、たいていはだから、おおよそ二時間ほどでの退席となる。節分の豆撒《ま》きにも似て、他愛ない行事なのではあるが、そのじつ会長は、茶を喫する者の人間を見ている、取引を継続するに価《あたい》する人物かどうかの値踏みをしているのではないかといった憶測が、社内でまことしやかに囁《ささや》かれるようになってからというものは、社運を左右する重要事のひとつにもかぞえられている。

かつて嘗《な》めた辛酸からの教訓といっていいようなもので、その年の暮れは、秋にホールディングス化がなされ、従来の三月から十二月に決算日が統一されたことなどもあって多忙を極め、長崎行きの可能な人員の確保に難渋した。やむなく新入社員を差し向けるしかなかったものだが、あろうことかその翌年、わが社は取引を切られることになった。茶席で何かしくじりがあったんだろうと内々に調査におよんだところ、出立《しゅったつ》の日、薄汚れた装《な》りをしたその新人を見たというタレコミが、あまた寄せられ、これを受けて社の上層部が、茶事に出る者の身嗜《みだしな》みに口を挟むようになったのは、いうまでもないことで、長崎入りの前日には、その最前線たる福岡支社を表敬訪問し、服装の検査を受けるものとするとの規律が定められて、何年にもなる。

　北緯のほんの二度ばかり南下しただけで、心なしか暖かくも感じられる夜気《やき》の中を歩き、窓の灯もあらかた落とされ、周囲の闇と分かちがたく見えなくもない福岡支社のビルの前に立ったときには、かれこれ八時を過ぎていただろうか。係の者の案内で支社長室に通されると、そこのふた間続きになった一方の小部屋で、支社長並びに営業部長から受けることになったその最終チェックというのはしかし、噂《うわさ》に聞いて、味気なく思い描いていたものとはおよそかけ離れた、淡泊な座なりの感じのものだった。危なげない無地のダークスーツにキャメルのコートを着用というこちらの無難な装《よそお》いに、両人差し挟む言葉をさがしあぐねたのかもしれないが、最後にしかし営業部長は、自身が締めていたあくどい柄のネクタイを外すと、遊びにこれを取り入れたらどうかと提案してきた。不承不承ながらこれを締め、その後は前祝いにと、夜の街に繰り出すことになったのはまあよかったが、中洲から西中洲、西中洲から中洲とはしごして回ったその行く先ざきで、営業部長と見間違われ、ホステスに二の腕のあたりを抓《つね》られなどしたのには閉口した。

九州一の歓楽地との聞こえも高い、その中洲という街では、高級クラブのような店も必ず焼酎を置くものらしい。とんでもんなか倍、時の超越、と、耳馴れぬ銘の瓶が一本また一本と、口を切られるまま飲み過ごしたのがよくなかったか、目が覚めたのは、チェックアウトの十一時まで残すところ三十分とないような時刻で、急ぎ身支度《みじたく》を整え、部屋を出かけて、しかしここでふっと頭を掠《かす》めたのは、交通機関の変更の必要だった。長崎新地中華街で執《と》りおこなわれる茶席の開始は、正一時。その一時間ほどまえには現地入りしておくのが穏当だろうと、当初の予定では、十時五分に天神を出る高速バスに乗るつもりだったのだ。正午過ぎには長崎駅前に降り立っている目算で、しかしこの計画は今やご破算となってしまったばかりか、次発の十時三十五分発の便にさえもはや乗り遅れてしまっている。

着任早早の遅刻とあっては、先方の覚えのさぞ悪くなるだろうことは必定で、しかしほかに何か手もあるだろうと気を落ち着かせ、スマートフォンに取り縋《すが》ってみると、十時五十二分に博多駅を出発する特急列車リレーかもめを利用すれば、十二時半には長崎駅に着けるとわかった。ぎりぎりにはなるが何とかなりそうで、ただ、時刻はもう十時四十五分を過ぎようかというところ、すんなりタクシーが捕まり、博多駅まで飛ばしたとして、かもめのほうが捕まるかどうか、甚《はなは》だ望み薄だった。

進退窮《きわ》まった、遅刻だと肚《はら》をくくり、謝罪からはじまる人間関係の、その向から先に射す光明のいかにも頼りないことを思えばげんなりもしたが、とにかくは宿の精算を済ませ、通りに出てみると、ホテルの真正面に当たる路肩に停車していた車がプップッと、短いクラクションを鳴らして寄越《よこ》した。思わずそちらへ顔を向けると、もう一発鳴り、運転席にいた若者が車から降りて近づいてきた。

これがこのイワサ、もしくはイサワと、もはや名前も覚束《おぼつか》なくなった男との対面になるのだが、聞けば初顔合わせではないようで、こちらがホテルから出てくるのをもう小一時間ばかり男は待ち暮らしていたんだそうだ。昨夜は福岡支社の連中とどこで別れたのだったか記憶がないのだが、男が言うのには、中洲大通りの北寄りの路地にあるバーで相客となり、折しも長崎に行くことになっていた男の車に同乗する約束をしたらしい。荷物があるのでレンタカーを使うつもりだが、高くついて困るというのに同情し、旅は道連れと交通費の折半を申し出たのはおたくさんじゃなかったかと、不服げに言うのである。

話を聞いて、あるいはそんなこともあるかとは思った。ただ、それよりはもっとありそうな事態、つまりは人違いなのではないかと思い、そう言ってみると、やれやれといった感じで男は首を振り、昨夜受け取ったという名刺を差し出した。見れば、もうだいぶまえに貰ったのを、何となく財布に入れ放しにしていた得意先の人物の名刺で、それが故人となっていた人の物だっただけに、驚きもひとしおで、しかしこの立ち話は充分な距離を保って交わされていたので、このかんに男に掏《す》られたとは、どうにも考えにくいのである。

このとき懐《いだ》いた印象だが、パーティーや何か、華ばなしい場所では人目を惹《ひ》くものの、日常的な空間では一転影のように目立たなくなるタイプの人間がいるが、男はこれと反対に、一対一で対峙《たいじ》してしまったら最後、非協力的な態度を取り続けるのが困難になる感じがあった。いい目をしているが、口もとは締まりがないという、放蕩者によくある相で、このご面相に、いたずらに過ぎていく時間を惜しむ気持ちを思い併せれば、男を厄介払いする理由として、それで充分だろうとも思い、寝坊をしたので急いでいる、悪いが電車で行くことにしたからと、心付けを渡そうとしたが頑として受け取らず、長崎までの道なら馴れている、一時間半もあれば到着できると頼もしいことを言う。

車がトヨタの赤のヤリス、いわゆるコンパクトカーだったのが、何か物足りない感じがしないでもなかったが、このうえは便乗するのも得策かと、助手席のドアノブに手をかけると、後ろに乗ってくれと言う。ペットをつれてきているらしく、走行中に籠《かご》が倒れたりしないよう注意して欲しいとのことなので、狭い後席に乗り、奥の席の床に置かれていた籠を持ちあげ膝《ひざ》に載せると、車は斜めに、急角度で右折レーンへ移動して、そこから大きくUターンし、そのまま道を滑るように走り出した。

古風な竹製の鳥籠で、幅約二十数センチ、奥行きは十数センチほどの小作りなもので、中で止まり木にとまっていた鳥の、その緑がかった羽色から推《お》して、鶯《うぐいす》かと思い尋《たず》ねてみると、目白《めじろ》だそうな。なるほどつぶらな目の周りを、白い輪みたいなものが取り巻いている。しかし目白は野鳥で、国内では捕獲など禁じられている、たしか禁鳥じゃなかったかとは、あとで気づいたことだとして、鳥類一般の特性に、小止《おや》みなく体を動かしているというのがあるかと思うが、この目白ときては、まばたきをする以外にはちっとも動かず、こうべを深く垂れているあたり、さながら生ける剝製《はくせい》といったおもむきで、どうにも親しみにくいものがあった。

天神北出入口の手前の交差点で信号に捕まると、男はカーナビゲーションシステムを操作し、太宰府方面が渋滞ぎみのようなので、ルート変更といきたいがどうかと話しかけてきた。

「でもそれだと」

含み笑いを嚙み殺すように、

「二百円ほど割り増しになるけど、大丈夫ですか」

と妙なことを言う。何のことを言うのかわからないなりにも、ぜひそうしてくれと返答すると、車は環状線へ入ってゆき、ほどなく粕屋《かすや》線という道路に移った。この道がやがて九州自動車道に接続されると、そこでようやく軌道に乗ったとでもいうふうな落ち着きが男のハンドル捌《さば》きに見られてきたようだったので、先ほどの割り増しというのについての説明を求めてみたところ、渋滞を避けたので距離的にいくらか遠回りになった、そのぶん追加される高速利用料金のことを言ったのだそうだ。

薄曇りの冬空を映して、青いとも、灰の色ともつかない、曖昧《あいまい》な色彩を帯びたアスファルトの道の前方に、鳥栖《とす》ジャンクションに近づいていることを示す標識が見え、しかるのち車は長崎自動車道に入った。カーナビゲーションシステムの音声案内によれば、ここからおよそ百キロ余り一本道が続くようで、おのずと車のスピードもあがるのらしかったが、後席からだと速度表示のメーターがよく見えないので、景色が後ろへと退《の》いていく、その速度から推測した限りでは、おおむね時速百二十キロ前後のスピードで走っていたように思う。ところによっては百五十キロ余り出ていたようで、先を行く車両を片っ端から抜き払っていくのに気を呑まれているうち、気づいたのは、ある速度を超えると男が馬鹿に饒《じよ》舌《うぜつ》に、口調も軽快になることだった。

先頃街で引っかけたとかいう女のことで、何か気を持たせるような口ぶりで、房事の秘密に属するような事柄まで赤裸裸《せきらら》に喋り散らしていたかと思うと、ちょうど今の季節から旬を迎えるという蛤《はまぐり》の鮮度の見分けかたについて、少しでも口を開《あ》いているようなのは論外、貝殻はあくまで薄く、つやがあるのがいい、蛤同士を打ちあわせて、澄んだ音がするのを択《えら》べばまず間違いないと、さも面白そうに喋喋するのである。

そうかと聞き流し、ようやく蛤の話にけりがついたと思っていると、誰にでもできる美《う》味《ま》い蜆汁《しじみじる》とやらについて、べらべらと捲《まく》し立てはじめるのだった。

「初めはね、廉《やす》い小粒の蜆だけ水に入れて、煮立たせてね。出汁《だし》がとれたら、そいつらみんな捨てちまうんです。そこへ今度は粒の大きな蜆だけ入れて」

こちらは手早く火をとめる、すると大粒の蜆は出汁を吸いぷっくり膨《ふく》らむので、これなら汁と身と両方味わえると、したりげに言う。

隣県の佐賀市に入ってもなお、男は様ざまな魚介のそれぞれに適《かな》った調理法、効率的な鱗《うろこ》の取りかた、青魚の臭みの消しかたなどについての蘊蓄《うんちく》をひけらかすのだったが、ここで覆面パトカーらしき車両の影、でなければ移動式オービスの存在でも気にしたのか、見る見る車のスピードが落ち、男の舌も縺《もつ》れがちになったので、なかなか読書家じゃないかと半畳《はんじょう》を入れてみると、男は以前、日本料理屋で板前を務めていたことがあったのだという。

屋号を聞いて、おやと思った。昨晩どこかでこの店の話題が出たのを思い出したからである。何でもそこは食都福岡でも名の通った老舗《しにせ》の割烹で、しかし近年は客足が減り、経営難に陥っているうんぬんは措《お》くとして、こんな浪人風情の若者が、そんな名店の板場に立っていたというのはどうも眉唾《まゆつば》である。とんだ法螺《ほら》吹きだと思っていると、二日酔いだろうか、顳顬《こめかみ》のあたりが疼《うず》き出したので、続けて男が、板前になるまえには路上生活をしていたとのたまいはじめたのがなおのこと苦にがしく聞かれるのだった。半年保《も》たなかったそうで、ただしこれはその直前まで、楽隠居の身で暮らした期間が長かったことで体が鈍《なま》り、住環境その他のギャップを愉《た》しめなかっただけなので、今なら何でもないだろうと言う。

やがて佐賀市を抜けて小城《おぎ》市に入ると、これで全行程の半分にも当たるかという、七十数キロを走破したことになり、そうして時刻は、まだ十一時半にもなっていない。無茶な車線変更を繰りかえしてきたにもかかわらず、鳥籠の中の水入れに張られていた水の、ほとんど小ゆるぎもしないようだったのには、まったく感嘆のほかなく、大したものだと目線はしぜんドライバーのほうへと泳いだが、このときルームミラーに映し出されていた男の目を見て、ごく最近、少なくとも二、三日以内に、都内のどこかで、いや、やはり福岡の街のどこかでだろう、この男と会っているような気がしてならなくなってきた。

夜の街に出ていたポン引き、クラブのボーイ、宿泊したホテルの従業員等などと、昨夜見た若い男たちを指折り思いかえしても、しっくり来るのはないようで、それでいてそのどれもこれもがこの男の顔をしていたような感じがあるのだ。わけても中洲と西中洲とを距《へだ》てる那珂《なか》川という河川に架かる橋のたもとでけん玉をしていた少年が、男と瓜ふたつだったような気もするが、それもほんとうにこの目で見たのだかどうか、あやふやな記憶なのではあった。

「タマザケ、ご存じですかね。魔法の水でね。こいつに浸すと、味噌なんか漬かりすぎた魚の鹹《から》みが、きれいにとれてね」

男の口から、じかに語られたその過去のことについてのみ、想像をたくましくしてみようと思索の方向を変え、板前時代の、ホームレス時代の、隠居時代のと、その時どきの男の様子を思い描こうとしたものの、やはりといおうか、上手くいかないのである。どこかに何か、人生のおかしな折り目がつけられ、その折り目にびっしり溜まった埃の中に体が沈みこみでもしたようで、それにしてもこの男、自身を一体何歳《いくつ》と設定したうえでの虚構に遊んでいるのだろうと、そのでたらめさ加減にしてからが、何ともうそ寒く感じられるのだった。

板前を辞《や》めたのは、たしか三年まえだと言っていた。その後は二年ほどフリーターとして世過ぎしているとかいう話だったが、それならそのかんの一年ないし数カ月かの空白の期間、何をしてしのいでいたのか問い詰めてみたら、次はどんな嘘で取り繕《つくろ》うだろうと意地悪く思い、つのる不安を薄めていると、だからその鳥でしょうがと、誰かに囁かれた気がした。

じき長崎県に入ろうかという頃になって、出し抜けに羽をばたつかせはじめた籠の中の目白の異変が気遣われたものの、心にまでは入らない感じで、高じる頭痛に、立ちくらみのようなものが追い打ちをかけてきて、脂汗を流し身を固くしていると、トンネルを三つ抜けたあたりで、男が大声を出したのに驚き、顔をあげた。大村湾が見えるのだそうで、後席の窓がゆるゆるとおろされていくのでお義理でそちらへ目をやったが、曇天下の海面の色が、通り一遍の鉛色というのではなしに、およそ光という光を呑み尽くし、なお呑み足りないとでもいうような漆黒に染められていたのに吐きけを催し、車酔いしたらしいとこぼしてみると、男はほどなく見えてきたパーキングエリアに車を入れ、そこのコンビニエンスストアの手前に駐車した。

先に出ていった男に続き、車を降りると、それで何か途端にといった感じで、最前までの体の不調がすっかり解消されたばかりか、身も軽くなったようで、駆け出してみたい気にさえなったのが、嬉しくもあり、いかがわしくもあった。男の姿が見当たらないのが気がかりといえば気がかりで、置き去りにでもされたらことだと、コンビニエンスストアに入ってみたが、中にはひとりの客もなく、取ってかえし表へ出ると、駐車場につうじる階段に男が座っているのが見えた。手摺《てすり》を杖に男が立ちあがり、肩腰をひと頻《しき》り揉《も》んだり伸ばしたりしながら車のほうへと近づいていくのを、何か取り返しのつかないことをした思いで、はらはらと見守り、しかし次いで男が助手席に乗りこむのを目にしたときには、もはや取り返しがつかなくなっていたということなのか、格別に感じるものもないのだった。

後席の座面に干渉するほど背もたれを倒した助手席に、悠悠と男はそっくりかえっている。目鼻を覆《おお》うハンカチの下にうかがえるのは、深く刻まれた法令線《ほうれいせん》と、皮剝けのした厚ぼったい唇ばかりで、そのハンカチの上唇に触れるあたりがそよいでいるのは、寝息を立てているかららしい。

カーナビゲーションシステムの地図が指し示すとおり、バイパスへ入り、道なりに車を走らせていると料金所に着いたので、料金を支払い、細い川と並走する道を平和公園のほうへとおりていった。長崎は雨、とはいかなかったが、今にも降り出してきそうな曇り空のもと、どんよりと重たげな道を出島《でじま》の跡地をめぐって進み、緩い坂をのぼったところで右に折れると、湊《みなと》公園の脇の通りに出た。中華街に隣接する公園で、歩道に車を寄せて停め、石造りの門の屋根を葺《ふ》く甍《いらか》を眺めるともなく眺めていると、助手席で男が身を起こし、ドアを開け、車を出ていった。後席で目白が、チーチーと地鳴きするように囀《さえず》り、激しく羽ばたくのが聞こえ、やがて籠の底に何かが落ちた、その重みで、車体がぐらり揺れたかに思えた。

のろくさと歩み去っていく男の風采《ふうさい》を、何か特別なものに見せているコートの上に羨望の目がとまり、その後ろ影が、路地の奥のほうへと消えていくのを、唯ただ畏怖《いふ》をもって見送った。憂き世をはかなんで、みずから択んだ落鳥だとしても、と、ルームミラーに映し出してみた、自分のものとはとても思えない若い目を見ていると身につまされたが、何がさて満タン返しだと、大浦天主堂にほど近いガソリンスタンドを地図上に見つけると、ハンドルを握る指にも力がこもるのだった。目白の心が入った板前の消息を思うだに、身が縮むようで、こうして若い肉体と入れ替わった自分など、あるいは果報者かもしれないと、ひと呼吸置き、ギアをDに入れた。

いぬ

sakasaki kaoru

坂崎かおる

母のコートのポケットからクリーニング屋のレシートが出てきた。預かり証も兼ねているもので、仕上がり予定日は半年以上前を示していた。ちょうど母が入院したころだ。

「ネクタイ」と印字されたそれに、佐知子は首を傾げた。

そのクリーニング屋は、商店街の中ほどにあった。子供のころは、そこにある駄菓子屋に友達とよく買い物に行ったが、もうその店は駐車場に変わっていた。入院するまでは、週に一回ぐらいは母の家に通っていたが、駅と家の往復だったので、その場所を歩くのは久しぶりだった。昼間のそこは、通りゃんせが途切れ途切れのスピーカーで流れ、立ち話をする母親たちと、駆ける子どもたちのいる牧歌的な場所だった。

「いらっしゃい」と出迎えてくれた店主は、佐知子の知っている顔だったが、知っている人ではなかった。たぶん、佐知子がお遣いで来たときに対応した人の息子なのだろう。顔立ちがよく似ているし、店の中もそれほど記憶と違っていなかった。レジに電子決済の機ぐらいだった。

器が付けられ、棚や幾つかの備品が歳月の中で古びた面持ちになっていることに気づいた。

「ああ、路子さんとこの」

母の名を呼んだあと、さっちゃん、と店主は言った。「大きくなったねえ」と口にし、それも変な言い方だな、とひとりで笑った。

「ネクタイね、探してみるよ」

右手に持っていた新聞を店主は折りたたみ始めた。よく見ると、彼は左腕がなかった。二の腕から先は、チェックの長袖がぶらんとすぼまって垂れ下がっている。器用に右手だけで四つ折りにして、ぽん、とレジ台の上に置くと、ふわっとした風が佐知子に吹きつけた。アイロンと乾いた水のにおいがする。

五分、一〇分と待ったが、店主はなかなか戻ってこなかった。佐知子は座面の剝がれたスツールに腰かけ、あたりをくまなく見渡した。日めくりカレンダーは一週間前の日付のままで、「大安」を示していた。不精なのか、それとも験でも担いでいるのか、佐知子には判別がつかなかった。太陽電池で首が動く置物は、今年の干支でもない虎で、たぶん大雑把な人間なのだろうと佐知子は推測し、そういう人間がシミ抜きなどできるのだろうかとも考えた。「大雑把なのはあんたも一緒でしょ」と、いつか聞いた母の声が交じり、佐知子は自分の意識がふわふわと記憶の迷路を曲がったり戻ったりするのを感じた。右、左、行き止まり。

柱時計がひとつ鳴った。店主が戻ってきた。右手に大きな籐のバスケットを持っているが、ネクタイはない。

「ごめんねえ、どうしても見つからなくて」

申し訳なさそうに彼は言った。「もうちょっと時間もらえれば、出てくると思うから」

そして、店主はバスケットをレジ台に置いた。それから佐知子を見て、どうぞ、という目をした。佐知子も彼を見返し、ん？　という疑問の視線を投げ返した。沈黙のやりとりが五秒ぐらい続いた。

「そうか、路子さんから聞いてないのか」

店主は得心した声を出した。「犬を預かってたんだよ」

「犬？」

佐知子はバスケットの中を覗き込んだ。空っぽだった。スヌーピーのイラストのブランケットが敷かれていたが、たぶん、そのことではないのだろう。

「心のきれいな人じゃないと見えない犬」

店主はそう言い、佐知子が顔を上げる前に、がははと笑い飛ばした。「いやいや、冗談冗談。なんか、想像とか、架空とか、そういう犬なんだって。ダイエットになるとか」

想像の犬。

母の声がよみがえり、消え、佐知子は開きかけた口を閉じた。行き止まりの迷路の壁は建付けが悪くて、隙間からふわふわと記憶の出来損ないが流れ出していたが、佐知子は無理に蓋をした。ほらほら、ネットにも載ってるんだよ、と店主は携帯を見せてきた。確かに「架空の犬を飼ってみる」と書かれた記事が表示されている。健康のために歩こうと思ってもなかなかできないですよね。そこで空想の犬を飼って散歩するのです。時間を決めて朝夕。リードを持ってもいいですし、名前を決めてあげるのも効率がいいですよ。いかがでしたでしょうか？

「路子さんはけっこうスタイルよかったから、余計そういうの気にしたんじゃないかねえ」しみじみとした調子で店主は言った。「オレなんか腹も出てるし、数値も高いしだけど、そういうの始める気になんないから」

「あの」世間話が始まりそうなところを、佐知子は遮った。「それで、預かったというのは、この籠をですか」

「うん、まあ」

店主は歯切れ悪そうに頷いた。「ネクタイ預けるときに、一緒に持ってきたんだ。架空の犬の話をして、預かってくれないかって」

「籠を？」

「いや、犬を」

「犬を」

「想像のね、目に見えない」先のない左腕を上げ、彼は空中になにかを描いた。犬。たぶん。話の流れから。「こう、ほら、だんだん見えてこない？」

「いえ」

佐知子が言うと、「だよねぇ」と店主は苦笑いをした。

「ついに路子さん、頭の方が先にダメになっちゃったのかと思ったんだけどさ、本人はしごく真面目なもんだから、断りづらくって」

まあでも肩の荷が降りたよ、と言いながら、店主は右手でバスケットをずいと差し出した。佐知子は受けとり、これといった重みもないそれを、二、三度確かめるように揺らした。

「ありがとうございました」

いったい具体的なになにに礼を述べればいいのかわからなかったが、佐知子はとりあえず頭を下げた。店主は鷹揚に頷きながら、「いいいっていいいって」と、満更でもなさそうな表情をした。「ちょっと座って待っててよ。ネクタイ、もう少し探してくるから」と言うと、また奥へと引っ込んだ。

佐知子は再び、あたりの観察を始めた。入ってくるときは気づかなかったが、外の看板の横に、皿が二つ置いてあった。プラスチック、ステンレス。緑と銀。ひとつはドッグフード、もうひとつは水。どちらもまだ新しく、皿の水は、やわらかい風にさざ波立っていた。佐知子はしばらく、その波紋を眺めた。左手で握るバスケットは、まだ軽い。

「架空の犬」

佐知子はそう声に出してみた。狭い店内で、それは思ったよりも響かない。

佐知子の母が架空の犬を飼うのは初めてではなかった。それは大きな地震があり、地下鉄でテロが起こり、佐知子の兄が死んだ年だった。終末のような一年だった。

父は動物全般が苦手で、佐知子にはアレルギーがあった。犬や猫を触ると手がぷつぷつと腫れ、くしゃみが出た。母は犬を愛しており、彼女が子供のころは、必ず何匹かいつも家に犬がいたそうだが、結婚を境に母はそういった生活からは離れていた。通りすがりの大型犬を振り返る仕草や、柴犬柄のハンカチをハンドバッグに忍ばせる様子から、時々彼女のそういう犬への思いを見るだけだった。だから、母が初めて架空の犬の頭を撫でたとき、佐知子はどちらかというと納得するような心持ちになったことを覚えている。母らしい、とさえ思った。

その年の夏、母は一か月ほど架空の犬を飼っていた。佐知子も散歩に付き合った。六時に家を出て、駅前を南北に突っ切る商店街をゆっくり歩き、広い公園のベンチでぼんやり座る。その間、母はずっとリードを握りしめ、佐知子は彼女の手からだらりと下がるその革の軌道を見つめた。そして、それは、それだけのことだった。

「お待たせしちゃって」

店主が大きな声で戻ってきた。手には透明なビニールで包まれたネクタイがある。臙脂《えんじ》色。それを受けとりながら、これは誰のものなのか佐知子は考えた。順当に考えれば父のものだ。母の箪笥には、まだ父のものが大量に残っていた。だが、彼女の記憶の中で、あまりこういった色のネクタイを締めている父を思い出すことはできなかった。

「意外に多いんだよね、クリーニングの受けとり忘れって」言い訳のつもりはないのだろうが、言い訳のように店主は言った。「あんまり多いから、こっちも半年とか過ぎると捨てちゃうんだよ。残ってたの、運がいいよ」

そうなんですね、と頷く佐知子に、店主はああそうだ、と思い出したように付け加えた。

「そのバスケットは返さなきゃいけないんだって」

「返す?」

店主によれば、バスケットは、〈架空の犬〉のダイエットプログラムを提供する団体のもので、母はそこと契約していたらしい。バスケットはそのプログラムのレンタル品ということだった。

「郵送でも返せるみたいだけど、でっかいし、いつもだったら公民館に係の人がいるよ」

場所わかる? という質問に佐知子が首を振ると、店主は右手でチラシの裏に地図を描こうとしてくれた。ふらふら舞いそうになる紙を、佐知子は押さえた。悪いね、と彼はボールペンで象形文字のような図を描いた。彼の描いた道の通りに歩いたら、どこか帰り方のわからないところまで連れていかれそうな地図だった。それでも佐知子は、公園の中にあるよ、という店主の言葉に納得することにした。ありがとうございます、ともう一度頭を下げ、店を出た。日差しはあるが、風の涼やかな日だった。右手のネクタイを見て、手提げの袋をもらえばよかったな、と佐知子は思った。臙脂のしっぽをぶらぶらさせながら、佐知子は公園を目指し、商店街を南に下った。

歩いていると、「路子さん?」とよく声をかけられた。どうやら母は、この商店街を散歩コースにしていたようだった。籐のバスケットは特徴的だし、そもそもこんな大きなものを買い物かごのようにぶら下げて歩く人は目立つだろう。彼らは母だと思って声をかけ、佐知子の顔を見ると戸惑ったような笑みを浮かべた。佐知子が「路子さん」の娘であることを明かすと必要以上に納得した声を出し、そして決まって「犬は元気か」と、バスケットを覗きこんだ。

「犬がいたんですか?」

佐知子が訊ねると、みな一様にきまり悪そうな顔をした。肉屋のおじさんは「目に見えない犬って聞いたよ」と頭をかき、花屋の若い奥さんは「お母様もちゃんとわかっておられましたよ」と弁護し、八百屋のおじいさんは「まあ、しっかりした人だったから」と、やたらと大きな声で答えた。荒物屋のおかみさんだけは、「そんなこと言うなんてあんたは薄情だ」と怒った調子で佐知子に言った。みな母のことをよく知り、母のためにロにしている言葉のように思えた。佐知子は母との距離を自分が測らされていると感じた。空間と時間。

その公園は、佐知子が子供だった時分は、とにかくだだっ広い広場に、不釣り合いに小さいすべり台がぽつんと置かれているようなところだった。当時、佐知子も含めた小学生は誰もその、「公園」という定義の言い訳のように置かれた遊具では遊ばず、草がぼうぼうに生えた果てのない空間を縦横無尽に駆け回った。

久しぶりに訪れると、公園は大幅に変貌していて、巨大なすべり台のついたウッドハウス的アスレチックを中央に据え、周囲には高齢者向けの健康器具の設備も整っていた。ジョギングコースは赤茶けた柔らかい素材で、トレーニングウェアを着た老若男女が歩いたり走ったりしていた。彼らは汗をかきながらも表情は柔らかく、すれ違うときには軽く会釈をしあったりしていた。オー・ヘンリーの登場人物たちみたいだと、佐知子は昔読んだ絵本を思い出した。

大きなブナの木があったところには、ドッグランが整備されていた。歩き疲れた佐知子は、そのドッグランの前のベンチに座り、大小さまざまな犬がボールを拾ったり、ただ走り回ったり、ごろごろと転がったりする様子を眺めた。犬は犬で、佐知子のよく知っているものだった。耳と、鼻と、目と、口と、舌と。

「あんたがいなければねえ」

ときどき、母はそう言った。悪意のかけらもない言葉で、でこぼこもなく平坦な手触りをしていた。犬をこよなく愛した母は、動物のアレルギーをもつ佐知子を決して責めなかった。少なくとも本人は責めるつもりはなかった。犬を散歩させる家族連れがすれ違うと、しばらく目で追いかけ、特に大型犬だった場合はその影が見えなくなるまでずっと立ち止まり、そうしてぽつりと呟くのだった。あんたがいなければねえ。母としては単に事実を述べただけで、それ以上の意味はなかった。確かに、佐知子がいなければ、母は犬を飼っただろうし、その犬が死ねば、しばらく泣いたあとで、また別の犬を迎え入れただろう。でもそうはならなかったし、それは誰のせいでもない。成し得なかった人生について、母は悔いるタイプではなかった。佐知子も母の陰のない呟きに、大人のもつ不可逆性の未来のしっぽのようなものを、なんとなくつらまえられた気がするだけだった。それは、そういう言葉だった。佐知子は記憶の蓋を確かめ、立ち上がった。

公民館は公園の端にあった。壁は剝がれ、古めかしい引き戸で、「第三公民館」と仰々しい筆の看板がかかっている。第二と第一はどこにあるのだろうとぼんやり考えながら、佐知子はするすると戸を開けた。コンクリートの玄関の先には畳の部屋があり、開け放たれた障子の向こうで老人たちが車座になって談笑している。彼らは一斉に佐知子の方を振り向き、誰何《すいか》するように上から下まで眺めた。

「ああ、返却ですか」

老人のひとりが言った。どうやら、佐知子の持つバスケットを認めたらしかった。「ヘビタくんどこ行ったかな」と呟き、どっこいしょと立ち上がる。他の老人たちは興味を失ったのか、また向かい合って会話を再開した。佐知子は三和土に立ったまま、バスケットを下ろしていいかもわからず、彼らの断片的な話に耳を澄ませていた。お迎え、世話、オムツ。単語だけとりだすなら、それは保育園でされるものと変わらなかった。

「お待たせしました」

先ほどの老人に連れられ、若い男がやって来た。「ヘビタくん」と呼ばれた彼は、「犬のバスケットの返却ですよね」と言った。

「ええ」

佐知子は頷き、男を見た。大学を出たばかりという感じで、真新しいスーツはサイズが合っていなかった。暑さのせいなのか、ネクタイはしていない。ふと、佐知子は兄の直哉のことを思い出した。兄はこんなに軽薄そうなワックスでがちがちの髪ではなかったし、こんなにひょろひょろとした体つきでもなかったが、そのどこかに兄のかけらがあることを、佐知子は感じた。

「まあどうぞ」

ヘビタくんは玄関に直接パイプ椅子を出した。佐知子は言われたままに座り、彼は上り框《かまち》に腰かけた。

「それでは、こちらに必要事項を記入してください」

ヘビタくんがバインダーを手渡した。佐知子はバスケットを置き、ボールペンで書き始める。母の名前、住所、生年月日、年齢、返却日。「年齢も書かなきゃいけないですか」佐知子が訊ねると、「どっちでもいいですよ」と、ヘビタくんは軽やかに、面倒くさそうに答えた。佐知子はそこを空白にした。生年月日、空白、返却日。末尾の署名欄の下には、役所の名前が書いてあった。

「市役所の事業なんですか」

「半分ぐらいは」

佐知子から受けとった紙を眺めながらヘビタくんは答えた。「うちは役所の委託を受けてやってるんです。市民の健康を守るのも、公的機関の役目らしいですから」

喫煙スペースを減らしたり、がん検診したりするでしょ、と彼は、あまり実感のこもっていない声で言った。これからは、健康診断のあとに、医者に勧められたりするのだろうか。少し運動不足のようですね、架空の犬をいかがですか。

「問題ありません」

若者らしい気怠さをまといながら、ヘビタくんは顔をあげた。「ご利用ありがとうございました」

佐知子はバスケットを渡した。ヘビタくんはそれを受けとると、重そうに両手で抱え、奥の部屋へと持っていった。

「リードは」

バスケットを置いて戻ってくると、ヘビタくんが訊ねた。

「リード？」

「ええ」彼は紐をもつジェスチャーをした。「リードも一緒にレンタルしているんです」

佐知子は思わず、自分の両手を見たが、ネクタイが握られているだけで、彼女はその他には手ぶらだった。「籠の中は」と佐知子が言うと、「もう一回見ますね」とヘビタくんはまた引っ込んだ。

「ありませんね」

さも残念そうにヘビタくんは戻ってきた。

「ないとだめですか」

「そうですねえ」

確認してみます、と携帯を出し、彼はその場を離れた。あ、お疲れ様ですぅ、え、いやあサボってませんよぉ、はははは、違うんですよ、ききたいことがあって、うんうん……ヘビタくんの電話は長くなりそうで、手持ち無沙汰の間に、佐知子は下駄箱の上に置いてあるパンフレットを手にとった。「架空犬《かくうけん》ダイエット」と銘打たれたそれには、子細なプログラムが載っていた。〈架空犬〉との一日の過ごし方のモデル例、専用のジム使い放題、アプリで食生活まで徹底管理。若いトレーニングウェア姿の女性の手には、緑色のリードが握られ、その先には点線で囲まれた空白で犬のシルエットが描かれている。写真の女性は、その空白に向かって、「トム、行こう！」という吹き出しでもってしゃべりかけていた。〈市民の健康は日本の健康！〉というポップ体の惹句を二度ほど佐知子は声に出して読み、その二つの健康が果たして等号でもって結ばれるのか、よくわからなくなった。

「いやあ、申し訳ないです」

ヘビタくんがにこやかに戻ってきた。「あ、いかがですか」佐知子がパンフレットを手にしているのを見て、彼は言った。「みんなでお安く健康になれるなんていいと思いませんか」

「いえ、別に」短く佐知子は答え、「それで？」と先を促した。

「結論から言うと、やはりリードは返してもらわなければなりません」

ヘビタくんは事務的に申し訳なさそうな顔をした。佐知子が落胆とやや苛々した表情を見せると、慌てたように「ああ、でも」と付け加えた。

「今すぐってわけじゃなくてもいいですし、なんだったら、うちのリードじゃなくても構いません」

「どういうこと？」

「ここだけの話、うちの貸してるリードって、かなり安物なんです」悪びれもせずヘビタくんは言う。「だって、想像の犬なんだから、別に丈夫なものでなくったっていいわけですよね？　だけど、規約上、返却は義務付けられてるので、そおいうとこを疎かにすると客がつけあがるって」しまった、という顔をして、彼は「課長が」と言葉を足した。

「だったら、リードならなんでもいいの？」

「ていうか、リードじゃなくても、紐っぽいものならなんでもいいですよ」

紐っぽい、の、「ぽ」あたりで、ヘビタくんは佐知子の持つネクタイを見たし、佐知子もそれを見た。臙脂のそれは微かに先が揺れている。彼は口を開きかけ、佐知子と目が合い、結局口を閉じた。

「ま、いつでもいいです」

締めくくるようにヘビタくんは言い、佐知子に「預かり証」と書かれた控えの紙を手渡した。「気が向いたら、また来てください」

バスケットの代わりに紙切れ一枚になったそれを、上っ張りのポケットに入れ、右の手でネクタイをぶらぶらとさせながら、佐知子は公民館を出た。ほとんど手ぶらになったにもかかわらず、足は強張り疲れていた。縄跳びをしている人が佐知子に目を留め、にっこりと微笑んだ。佐知子は目を逸らした。逸らした先でも、健康そうな人々が、健康に従事していた。

アスレチック遊具あたりで振り返ると、ヘビタくんが公民館から出てきていた。彼は立ち止まっているが、視線は動いている。彼の目は、遠くに駆けて行ったなにかを追いかけ、そして戻ってくるのを見届けていた。なにかを。首を少し反らせるヘビタくんを見て、喉仏だ、と佐知子は思った。彼の喉仏は、兄のそれと似ていた。完璧な二等辺三角形。直哉は同じように首を反らせ、水を勢いよく飲んでいた。その口元から滑り落ちる水滴の行方を佐知子は今も覚えている。直哉のブレザーは濡れ、それに構わず、喉がぐっぐっと音を立てていた。それは、永遠に失われた骨だった。

母の家に戻る道すがら、佐知子はまわりの目が気になった。もう彼女のことを誰も見なかった。それにもかかわらず、常になにかの視線を感じた。ネクタイをもつ手はじんわりと汗ばみ、彼女はことさらに足元の歩道のタイルを見ながら歩いた。

家に着くと、積まれた段ボールのいくつかに触り、中を覗き、また閉めるという作業を無為に繰り返した。汗で湿った上っ張りはとりあえずハンガーにかけ、ネクタイはまだなにも入っていない、空っぽの段ボールに入れた。横たわるそれはどこから見てもネクタイで、それ以上ではなかった。

水道からコップに水を注ぎ、一気に飲み干したとき、また喉仏を思い出した。直哉の喉仏は、くっきりと、それは見事に首に浮かんでいた。兄のしゃがれた声と、その白く突き出た肌を見ると、佐知子は胸が高鳴った。母はその二等辺三角形を大げさに褒めそやし、兄は思春期らしいじとりとした目で見返した。直哉は声変わりが完全に終わる前に死んでしまったので、それからその喉仏がどうなっていく予定だったのか、佐知子たちにはわからずじまいになった。

火葬の日、葬儀場の職員が、白い手袋をはめて、ひとつひとつの焼け残った骨の説明を始めた。しっかりした大腿骨ですね、とか、頭のお骨が少し残っていて聡明なお子さんだったんでしょう、とか、そう言った説明のときに、喉仏の話が出た。本当の喉仏は軟骨なので燃えてなくなってしまうため、火葬したときに残るのは第二頸椎、首のこのあたりですね、こちらの骨になります。ほら、仏様が座禅をしているように見えるでしょう、お定まりの説明がしばらく続いた。

「じゃあ、嘘なのね」

滔々と職員が説明を終えたあとで、母はそう言った。嘘。その職員は瞳を揺らしながら母の言葉を繰り返した。すると母は、「これは本物の喉仏じゃないのよね」と続けた。まあ、と職員は答えた。医学的には、そうなります。

「そう」

じゃあいらない。佐知子は、そう母が言いだすのではないかと思った。しかし、彼女は黙ったままだった。そのまま、決して自分で骨上げはせず、父や佐知子がする様子を、じっと見つめていた。

母が最初に架空の犬を飼いだしたのは、そのあとだった。犬を飼うから、と唐突に宣言し、トマトのような色のリードを買ってきた。でもリードだけだった。ときどきは姿の見えないそれを抱え、頭を撫でた。慣れた手つきだった。佐知子と父は話し合い、そっとしておくことに決めた。だが、佐知子は母の散歩にはなるべく付き添った。朝は六時、夕方は五時。リードを片手に持ち、揺らしながらずんずんと歩く彼女の横を、後ろを、佐知子は共に歩いた。佐知子は、母が家を出ていったきり、戻ってこなくなることを自分は恐れているのだと思っていた。いってきますも、ただいまも言わない彼女が、ある日ふと消えていなくなってしまうのではないかと。

佐知子は水をもう一杯飲んだ。今日はやけに喉が渇いた。部屋は薄暗いが、明かりをつける気分にはなれなかった。この家にあるなにもかもがはっきりと見えてしまいそうだった。

母が散歩をやめたのは突然で、予兆も予告もなかった。朝六時を過ぎても母はいて、台所でご飯を作っていた。佐知子は声をかけようとして、ゴミ箱にリードが捨てられているのを見つけた。彼女は黙っていたが、振り向いた母は、その視線に気がついた。

「もう犬はいないよ」

安心して、というように、明るい声で母は言った。佐知子は曖昧な顔で頷いた。ずっと犬がいる生活が当たり前だったので、こうして母だけが立っている、という状態はどこか不自然に感じた。自分はそれが見えたことなど一度もないのに、母からはなにかが損なわれていた。それでも、晴れ晴れとした表情の母を見ると、少し心が落ち着いた。元のような生活に戻れるのかもしれない、と佐知子は子供心に思った。

「犬はどこに行ったの？」

佐知子は母に訊ねた。それが不用意な質問であることは、母の表情を見てすぐに気がついた。遅かった。

「首を絞めたよ」

母は短く言った。「もう必要なくなったからね」

「そうなんだ」の「そ」の形で佐知子の唇は止まった。首を絞めた。なんと返事をしていいかわからず、佐知子は、「それは」と辛うじて続けた。「それはなんだかかわいそうだね」

「かわいそうなんてことあるもんかい」母はもう背を向けて、卵を割っていた。「想像の犬だよ。誰も、なにも、傷ついていない。傷つけていない」

そのまま佐知子は、静かに踵《きびす》を返し、台所を出て、家を出た。いつもの散歩コースをひとりで歩いた。リードはなかったから、中途半端な気分で、腕を大きく振って歩いた。佐知子は、母の腕から垂れ下がり、ゆらゆらと彼女の歩調に合わせてリズムよくゆれるリードを想像し、考えていた。その先に繋がれたものを、姿を、形を。わからない。自分には見えない。触れられない。それはもう、去ってしまった。

物音がして、振り返った。あのころから歳月を重ねたはずの母の家は、ものが溢れているのにがらんどうだった。目を凝らす。でも、凝らすだけだ。佐知子はようやく部屋の明かりをつけた。蛍光灯に照らされる段ボールの山は、高さがそれほどないくせに、寒々としている。佐知子は空っぽだった段ボールから臙脂色のネクタイをとりだすと、箪笥の上にのる母の白い骨壺に巻きつけた。距離をとる。眺める。母の骨の中に喉仏はあっただろうか。あったはずだ。たぶん。鼻がむずむずと、くしゃみの予感がして、でも、なにも起こらなかった。

開花

o h a m a　f u m i k o

大濱普美子

階段を上がる。

「階《きざはし》」という言葉を思い浮かべて、ゆるゆると上がる。昔の人の背丈に合わせてあるのだろう、段は自分の歩幅で丁度良く踏める。爪先がかかる縁《へり》のところに黄土色のタイルが埋め込まれ、タイルの表面には横に滑り止めの溝が並んでいる。溝の中は土が詰まって、周りより色濃く焦げ茶色。頻繁に踏まれるはずの真ん中辺は磨り減りもせず、端の方でところどころ、タイルが罅《ひび》割れ欠けてなくなっている。

少し上がると踊り場があり、そこで向きが正反対になり、また上の階に向かって上がる。その上の階に着いたら、また向きを変え、その上の踊り場へ。金属の手摺が、腰より少し上の高さで続く。支えの金具から流れ出た錆が、そばつゆでもかけたように後ろの壁を縞模様に染めている。手摺はけれど揺らぎもせず、階段脇を斜めになって空の方へと延びていく。段は低いなりに数多く息が切れて、途中で一度立ち止まりそうになるのを、なんとか無理して足を繰り出した。最後の数段は膝に手を突いて、ようやく最上階の床を踏んだ足はもうそれ以上進まず、左右自然と揃ってしまう。

階段を上がり切ったところから右手にずっと、外廊下が続いている。くすんだ白壁、灰色の床、薄鼠色の天井。コンクリートの直線が幾本も突き当たりに向かってすぼまって、まるで遠近法の図解を白黒写真に伸ばしたかのようだ。無彩色の透視図の中に、一箇所鮮やかな色が見える。何枚か先のドアの脇に、赤い傘が立てかけられていた。布地をきちんと巻いて畳んだ本体も、持ち手の曲がりも、どこか不安になるくらいに小さい。目を凝らせば、ちりばめられた水色やピンクやオレンジの色が布地から浮き上がってくる。どうやら小学生ぐらいの子供用、赤地に円い花柄の傘だった。


ここに越して来たのは、それまで住んでいたアパートが老朽化に耐えきれなくなったからだ。四十年近く暮らす間に、ギシギシと軋んでいた外階段はグラグラになり、外壁は角からカルメ焼きみたいに脆く漆喰が剝がれ落ちた。天井の隅に浮き出た染みがヤモリの形に広がり、大雨の日にはその尻尾の先から雨水が滴り、下に置いた洗面器の底をにぎやかに鳴らして溜まっていった。

取り壊したあとは更地に均して駐車場にでもするのか、それともまた賃貸住宅を建てるのか。残っていた住民はごく僅かで、家主は強硬に立ち退きを迫ることはなく、かといって新たな入居先を斡旋するでもなく、多いのか少ないのかよく分からない額の紙幣を茶封筒に入れて差し出してきた。

まあ、とりあえず、これで。

私は封筒を二つ折りにしてポケットに入れ、不動産屋のある駅前目指して坂道を下った。

何階なら、空いているんでしょう。

ああ、どの階だって、もうよりどりみどりですよーっ。トトトンッと、ボールペンの頭が見取り図の上に弾む。

それじゃあ、最上階！

はいはい。なら四階の角部屋だね。陽当たりいいですよ。

陽当たり、ああそれはもちろん……でも、あああの、家賃は。

どこも一律です、追加とか特別料金とか全然ありません。ただ、エレベーターはないんですよ、いいですかー。

ええ。三階以上でエレベーターなし。今どきそんな建物があるのだと、妙に感心しながら頷いた。ジャングルジムでも電柱でも木登りでもデパートの屋上でも屋根裏でも、昔から高いところが好きだった。

でも、ここ、前のとこと築年数はあんまり変わりないですよね。引っ越して、またすぐ取り壊しでいられなくなるっていうんでは……。そうこちらが首を傾げるや否や、気ぜわしげに片手を振って相手は説く。

いやいや、ここはね確かにかなり古いけど、すごーく規模の大きな団地でね。は。

大きいってことは、すぐには取り壊せないわけですよ。

要するに、その団地には住宅棟が何棟もあって、敷地全体の再開発でも行われないかぎり、建て替えはない、つまりしばらくの間取り壊しはあり得ない、ということなのだそうだ。

まあ、あと十年は大丈夫。

十年間だったら、自分は生き残ってしまうかもしれない、と私が肩をすくめ気味にすると、いやいやあと三十年と不動産屋は磊落《らいらく》に笑った。

大規模な団地とあれば、いくら部屋がよりどりみどりに空いていると言っても、それなりに住んでいる人もあるだろう。日中は相当ににぎやかで、子供の声などうるさいぐらいかもしれない。活気と騒音を予想して、期待と不安を一緒くたに抱えてきた私は、団地に着くなり、あまりの静けさに呆然とした。子供どころか、外を歩いている大人もいない。自分と同じか、もっと年寄った高齢者も見かけない。数少ない引っ越し荷物を運び上げる間、だれとも行き合うことなく、各階の外廊下はしんとして、人の住んでいる気配がしなかった。

一階の入口脇の郵便受けを確かめると、居並ぶ人質に手早く猿ぐつわを嚙ませた按配に、蓋を一様にガムテープで塞いだ箱が並んでいた。テープが貼られていないのは、自分の部屋番号を記したところ以外に、ほんの数箇所。隣の箱は蓋が外れていて、古び干からびた広告紙が底の方に縮こまっていた。

夜になって、大きく開けた窓から身を乗り出して外を眺めてみた。昼間草地の上に見えた棟々が、星のない夜空の下に横たわっていた。輪郭を黒く溶かした箱のそれぞれにひとつかふたつ、黄色っぽい明りが滲んで見える。室内に灯された照明が、カーテン越しに漏れ出しているのだろう。ああ、あそこにだれか住んでいる。そう思いほっとするそばから、その数のあまりの少なさに心許なくなる。

やがて沈没する運命にある巨大客船が、夜の海を航行していく俯瞰図。流浪の果てに行き着いたゴーストタウンで、人類の予想外の生き残りに遭遇する場面など。見たことを忘れていた映画や小説の光景が、勝手に蘇って目の前に繰り広げられる。安堵も不安もそのうちに現実味を失い、時間と場所を遥か遠く隔てた架空の世界に移送されたような気分のうちに、一日目の夜が更けていった。


両手に提げた荷物を、床に下す。今日は、二階と三階の間の踊り場で止まってしまった。買い置きの洗剤も三週間はもつキャベツの大玉も、特売だった清酒の瓶も腕に重い。無理することはないよ、もう無理しなくてもいいんだよ。たくさんの人が皆そう言った。何度も同じ抑揚で繰り返される科白は、耳に優しくそよそよと吹き寄せる。そうなんだ、そうだ、そうその通りと頷き、動きを緩め立ち止まった体のすぐ傍らを、外の時間が超高速で脇目も振らず駆け抜けて行く。追い越されても構わないと佇みながら、なんとなく取り残されたみたいな心持ちになる。

背を伸ばし、リュックを背負った肩を前後に回し、首を二、三度左右に傾けてから、買い物袋を持ち上げる。一階半分を上がって最上階に着くと、外廊下に傘があった。尖った角を下にした三角形で、窓の外の格子にぶら下がっている。雨の中をさして帰り、水を切るのに少し高いところに吊るしておいたのだろう。石突きから滴った水分は一夜のうちに乾いたものか、真下の床に水溜まりは見えない。いずれにせよ、赤地に花模様の子供用、先日見かけたのと同じ傘だ。あれは勘違いでも見間違いでも記憶違いでもなかったのだと確認して、心強くなった。

越して来る前までは、もしかしたら屋上に上がれるのではないかと思っていた。もしかしたら共同の洗濯物干し場があって、そこに堂々と通じる階段がある。あるいは、普段は通行禁止の通路の先に、避難用か作業用の梯子が備え付けられていて……。そんな具合に密かに抱いていた期待は、どれだけ懐に温めても孵ることのない卵のごときものだった。ここから他の棟を見れば歴然としている。団地の建物の上辺は柵もないのっぺらぼうで、

「屋上」と呼べる空間はどこにもなかった。草地と遊歩道に隔てられ、どれも同じ規格の住宅棟が、カステラの箱を横倒しにしたようにあちこち地面に寝ているのだ。箱の外側は劣化に黒ずみ、芸もなくただ四角い。飾り気ひとつない直方体は、愚直なまでに頑丈そうだった。

外には兆しを顕さなくとも、ひたすらひっそり目立たずに、自分と同じくらい音もなく生きている住民がいるのかもしれない。それがたまたま同じ階に暮らしていて、子供があったとしても、なんらおかしなことではないのかもしれなかった。

やはり一度、確かめてみたいと思う。外廊下を傘のあるところまで辿って行くのは、まるでこっそり様子を探るようで――実際、その通りなのだけれど――偶然ドアが開いて、中の人と鉢合わせしてしまう恐れもあるので、まずは外から眺めるのが無難。日が暮れたあとは居室に明かりが灯るだろうから、階段があるのとは反対側、物干し竿をかける金具の下に窓が並んだ側へと回り込み、下から見上げればすぐ分かるはず。小学生の子供がいる家は、やはり就寝が早いのだろうか。きっと、夕餉の時刻が一番良い。ひょっとしたら、食卓を囲む人の影さえ窺えるかもしれない。そう思い、振り返ってもう一度赤い傘を見た。


アメ、アメ、フレ、フレ、カー、サン、ガ。

歌いながら上がる。黙って登って行くのは辛いので、せめて歌でもと口ずさんで、一歩一歩上がる。外は空梅雨で乾いている。白と灰色の雲がところどころ浮いているが、雨が降ってくる気配は微塵もない。

二拍で一足交互に上げて、右ジャノ、左メデ、右オム、左カエ、右ウレ、左シー、右ナ。今どき蛇の目傘なんてねえ、と笑う。ずっと昔、母親が持っていたことがあるけれど。ピチ、ピチ、チャプ、チャプ、ラン、ラン、ラン。

短い歌詞を何度も繰り返して、最上階に着いた。外廊下の右手に、またあの傘があった。あの赤地に花模様の小さい傘が。心なしか大きくなったような、そんな気がする。思わず爪先がそちらに向きかけて止まった。

傘は大きくなどなっていない。同じ傘が、大きくなどなるわけがない。大きさは少しも変わっていないのに、前より大きく見えるのは、以前よりも近づいて来ているからだ。この間と同じように窓の格子からぶら下がっているけれど、その場所が違う。前より近い窓のところに、吊り下がっている。下を向いた三角形の角度も、変わっていた。これからさすのか畳むのか。中途半端な開き加減を見ていると、なんとなく居心地が悪くなる。

どういうことだろう。傘を使っている子供は、一体どの部屋に住まっているのか。この間吊るしていた窓のところが棲家なら、どうして他の部屋の窓に、使った傘を干したりするのだろう。それともやはりこの階にはだれも住んでいる人はなくて、傘は何かの間違い、だれかの気まぐれか悪戯みたいなものなのだろうか。この間の夜、地上に下りて、階段があるのと反対側に回り込んで見上げた四階は、煌々と明かりの点いた自分の角部屋以外、すべての窓が暗かった。壁に並んだ巨大な顔が、一様に瞼を閉ざして寝入っているかに見えた。夕食のあとのお茶やら後片付けやらでぐずぐずと出るのが遅くなってしまったから、どの家もとっくに寝静まっていたのかもしれない。今度はもっと早い時刻に下りて見てみよう。とそう思い、忘れてそのままになっていた。

間近に近寄って確かめたい気もするのだが、廊下を辿り、知らない人の住居の前に立つのは、やはり憚られる。結局、傘の下がった窓までのドアの数を再び数えてみてから、自分の部屋の玄関ドアを開けた。

後ろ手に閉めた扉のノブの音を背後にカチリと聞いた瞬間に、ふと思う。あれは、奈美《なみ》江《え》の傘ではないのか、と。にわかに奥底から湧き上がってくるものがあり、懐かしいのか恐ろしいのか分からなくなった。


その日は、うららかだった。

滅多に鳴ったことのない呼び鈴がけたたましく鳴り響き、さてはガスか電気の点検か検針か、はたまた何かの勧誘かと玄関へ急いだ。踏み出した片足をたたきのサンダルに乗せてドアを薄めに開けると、前に小学生が立っていた。薄桃色に白の水玉模様の夏服を着て、集団登校の子供たちがお揃いに被っているような濃い黄色の帽子を被っている。

あら、ナミエちゃん、どうしたの。

こんなに小さくて、よくブザーに手が届いたものだ、よほど上手に背伸びをしたに違いない。とその全身を見下ろして、隣に置かれた丈の高い段ボール箱に目が留まる。こんなに大きく嵩張る物を、この子が一人で運べるはずがない。あわててサンダルを突っかけ、子供の脇をすり抜けて出た途端、ネーさーんと下から声がかかった。

手摺の格子の間から、外階段の下の砂利敷きの地面に立った悦子《えつこ》が見える。ネーさーん。こちらを見上げてにんまり笑い、殊勝に手を合わせて見せている。

ねえ、お願い、しばらく預かって。

そんな、しばらくったって、そんな……。

お願い、お願いよーっ！　悦子が手を合わせる動作とお辞儀を同時にしたので、つむじのところの茶髪になり損ねた生え際がはっきりと見えた。

ちょ、ちょっと、ちょっと、そんな急に、突然言われたって……。

階段を駆け下り途中で振り返ったその視界の只中に、革のランドセルの赤い色がくっきりと映る。奈美江は先程と変わらぬ姿勢で、開け放たれたドアの前で部屋の方を向いて立っていた。

アンタちょっと。もう一度階段下に向かって私が声を張り上げると、お願い、ねねねと、悦子が後ずさる。アタシ急いでるの、あとで連絡するから。合掌を手際よく片手の挨拶に切り替え、アパートの前に停まっていたタクシーにするする乗り込んでしまう。

エッちゃん待ってよ、そんなーっ。いくらありたけの大声で叫んでも、車は速やかに滑らかに発車して、たとえ運転手や悦子の耳に届いたとしても、もちろん止まったりなどしない。遠ざかる車の音が跡形もなく消え、疲れ脱力して階段を上り、まだ部屋の前に同じ格好で佇んでいる奈美江を見た瞬間、びくっとした。これは疲れている場合ではないと、私は気を引き締めてかかった。

さあ、おあがり。

歓迎の印に、思い切りの笑顔を作って訊く。

ナミエちゃん、ノドかわいたでしょ、今日は暑いもんね。ナニ飲みたい。

奈美江は畳に正座して、骨張った膝の上に両手を揃えて置いている。カルピス。

えっ、カルピス!? ああごめんね、うちにはないの。あした買っとくから。オレンジジュースでいい、ねね。

一本だけあった瓶は冷やしていなかったので、コップに注ぎ氷を入れストローをさして出した。奈美江は膝を崩さず、両手で受け取ってストローをくわえ、とても静かにすすり始める。

この子はどんなものを食べるのだろう。出されたものはなんでも食べるのか。極端な好き嫌いがあるのだろうか。今日の夕飯は、明日の朝の朝ご飯、お昼は学校給食が出るとして、おやつ、そして晩ご飯は。面倒だな煩わしいなと思うかたわら、ほんのちょっとだけ楽しいような気もした。

悦子は私の腹違いの妹だ。目が大きく唇が赤々と丸く、人目を引く顔立ちと太ってはいないのに程よく脂ののった体つき。後妻に入った彼女の母親によく似ていた。良く言えば華があり、悪く言えば派手派手しく、見た目からして自信満々で、身勝手そうな印象を与える。自信については本人でないと本当のところは分からないが、身勝手さには昔から定評があり、周りのだれに訊いても、その通りと異存は出ないだろう。

私の方は父親似で、痩せて顎が尖り気味、一重瞼で唇が薄い。そうした特徴が隔世遺伝したものか、奈美江も痩せ型で目が細く、三角おにぎりの角よりもっと鋭い角度の顎をして、その上の唇は大抵いつも一文字に引き結ばれていた。極めて地味な顔つきは、どう見ても実の母親よりも私に似ている。

子供の相手などしたこともなく、しようともするだろうとも思っていなかった私は、全くの不測の事態に恐慌寸前で踏みとどまり、なんとか大過なく無事に乗り越えるべく、自分なりの最善を尽くそうとした。有給休暇を充てて休みを取り、栄養豊かな食事が摂れるよう慣れない調理をし、学校に送り出し、子供用のシャンプーと歯磨きチューブを買い足し漫画本を買い与え、テレビの子供番組を見せ風呂に入れ、敷布団の半分を譲って寝た。

奈美江はひどく大人しく泣きも笑いもしないで、子供はやかましいものという私の先入観を大胆に覆し、いつもひっそりとしていた。何か尋ねれば答えはするものの、ほんの一言か二言。どのような問いかけにも呼びかけにも、嬉しそうだったり嫌そうだったりする様子を見せず、表情なく平坦な顔がいつも同じ。感情が希薄なのか、表に表さないのか、それとも私には見せたくないのか、もしかしたら僅かでも現れている徴《しるし》を感じ取る敏感さや聡明さが、自分には欠けているのかもしれない。そんなことを考えていると、眠れなくなった。

初日から一向に縮まらない距離を思い、自分の努力とその甲斐のなさを思い、失望が夜ごとに少しずつ積み上がっていく。暗がりで隣を見やれば、ほっそりとした顔が夏掛けの上に白く浮き上がり、安らかさを音にしたみたいに規則正しい寝息が聞こえてくる。眠っているときだけ、子供はいかにも無邪気に幼く子供らしく可愛かった。その寝顔を確認して深く息を吐き、隣に小さく身を丸めて目を瞑った。


ドアを開けたら、すぐ近くに傘があった。窓のところではなく、直に床の上に、石突きの部分をこちらに向けて開いていた。地の色が艶やかで、花弁にくっきりと模様が刻まれた真っ赤な花のように見えた。

咄嗟に部屋に引き返し、ドアを閉めて鍵をかけて予備のチェーンもかけて、寝床に戻って頭から布団を被って縮こまりたい思いだったが、どうにか我慢した。片手に持った財布をきつく握り締め、それを見ないようにして階段の下り口に向かう。いつにない速足で段を下りる。転んだりなどしないように片手を手摺に沿わせ、できる限りの速さで駆け下りる。胸部が一箇所どうしようもなく痛く苦しいので、どうしても薬屋に行かなければと、ひたすら道を急いだ。

帰りに難儀をして、そう言えばと上から眺め下した辺りの地形に思い当たった。コンクリートと草地が斑《まだら》になった敷地は、色も形も巨大なミドリムシを思わせる。そのほころんだ楕円形が、中心に向かって緩い擂鉢状になっている。下の方にスーパーの屋根が平たくへばりつき、それよりさらに低いところに隣り合って小振りの建物が数軒。郵便局と床屋とパン屋と薬局がある。つまり薬屋は擂鉢の底に位置していて、そこで薬を買い求めた人は、どの棟に住んでいようとだれであろうと、坂を上がって帰らなくてはならないのだった。

こんなことでは、陽のあるうちに部屋に戻れないのではないか。それどころか、今日中にいつか帰り着けるかどうかさえ怪しい。普段なら気にも留めないくらいの緩やかな傾斜に足が進まず、帰り途は途方もなく遠く果てしなく感じられた。

鳴り響いたのは、呼び鈴ではなく車の警笛だった。あんまりしつこくうるさく鳴るので、何事かと開けたドアの隙間に身をこじ入れるようにして、悦子が入って来る。

ナミエ、すぐ行くわよっ！

え、エッちゃん、アンタ……。

悦子はちらとも目を合わそうとせず、いきなり和室に押し入り、押し入れを開け、段ボール箱を引きずり出した。

持って来たお洋服はどこっ。早くしたくするのよ！

エッちゃん、どうしたのよ、いったい。

「うるさい」だの「黙れ」だの直截なことば以上にとげとげしく硬い殻で身を覆って、悦子は答えようともしない。

お絵かきの道具はどうしたの、さっさと入れなさい！

命じられた奈美江の方は、嬉しそうでも不満気でもなく、突然のことに驚いて表情を変えるでもない。あわてず、けれど着々とあちこちに散らばった自分の持ち物を取って来て、ランドセルと段ボール箱に詰めている。その淡々とした様子を目にして初めて、こんなことはこれまでにも幾度もあったのだと悟り、姪の身の上が急に可哀想に思われ、事の成り行きと為すすべのなさに私はひたすら狼狽した。

どうしたのよっ、いきなり!?

あのうちは引き払ってしまって、もうないのだと言っていたではないか。だからしばらくは娘を預かってくれと、頼んできたのではなかったか。

悦子は室内を確かめるように見回して、段ボールの蓋を閉めて抱え上げた。玄関へ向かうようにと、無言で顎の先で難なく娘を促す。

いったいどうしたの、どこへ行くのよっ。まるで家族ドラマに出てくるお人好しで間抜けな脇役よろしくおろおろとして、なんと当たり前に常識的なことを尋ねているのだろう。そうやって他人事みたく自身の振る舞いに呆れつつも、二人を追ってあとに続く。

外階段のすぐ下の砂利敷きの地面に車が停まっていた。黒くて大きな車体が、漆のように艶光りしている。そこから降り立った運転手は色濃い色眼鏡をかけ、巨大なオニヤンマに似ていた。悦子と奈美江は、物言わず振り向きもせず外階段を下りて行く。運転手がいかにも運転手然とした白手袋で段ボール箱とランドセルを受け取り、後ろのトランクに納め、後部座席のドアを開けて脇に控え、悦子は奈美江を乗せ、あとから白く形の良いふくらはぎを一瞬陽に晒して乗り込んだ。

エッちゃん待ってよー!

取りすがるように覗いた車の窓硝子は、表面が油膜のごとくぎらぎらと反射して中が見えない。閉まりかけたドアの向こうに、前を向いて座った悦子と隣の奈美江の横顔があり、その奥に尊大に組まれた脚の細縞のズボンの裾と、磨き上げられた赤茶の革靴の尖った先が垣間見えた。タイヤがじりっと砂利を踏み、車は緩やかに発進して車道に乗り上げた。しばらく進んで速度を上げ、ずっと先の角を右に曲がって見えなくなった。

そうして、それきりになった。それきりになったと思ってきたけれど、それきりにしてしまったのかもしれなかった。

あれから三十年あまりが経ち、悦子は派手な顔立ちのましたたかに老けて、どこか仇っぽい大年増になっていることだろう。奈美江はあの時分確か七歳だったから、とっくに母親となり、その子供がそろそろ成人する年頃であっても不思議はなかった。それなのに、子供を抱いたところ、花嫁衣裳姿、卒業式や入学式、セーラー服で同じ年の女子生徒に混じって笑いさざめいている様子など、どれひとつとして思い浮かばない。小学生から先の奈美江を想像するのはひどく難しくて、今もどこかに生きているということが、どうにも覚束なく不確かなことに感じられてしまう。

最後に、水槽の硝子板に張り付いたヒトデのようなものが見えた。ああれは子供の手、小さな奈美江の掌なのだと思い、生白いその手の形ははっきりと覚えているのだが、遠ざかる車の窓に実際に見たものか、それとも反芻され脚色され塗り替えられた記憶にすぎないのか、今となってはもう分からない。他の様々な事柄同様、一等大事だった中身は失われてしまっており、ただ目に映った光景だけがある。それだけが、折り目のついた包装紙の柄みたくずっと網膜に残されている。


目を覚ます直前まで、夢を見ていた。色々な夢をたくさん見て、どれがどれだか見分け難く混じり合ったのを一塊りに忘れて、満ち足りた気分で目を覚ました。窓に引いたカーテンの隙間から陽が射し込んで、布団の端から床の上に零れている。跳ね返った光の明るさから、外が眩しいほどに晴れ渡っているのが分かる。胸の痛みはいつの間にやら、あったことが嘘だったように消え失せていて、起き出した体が快く軽い。この数日間、冬眠中のクマかヤマネみたいに寝床に籠って眠ってばかりいたから、久しぶりに散歩に出ようと思う。玄関で、一番歩きやすい靴を捜して履いた。

外廊下に一歩出た途端、目を奪われた。

傘が一斉に開いていた。数知れぬ赤い傘が、床を覆うほどに開ききって満開だった。鮮やかに赤く円く、きちんと遠近法に則《のっと》って遠くへ行くほど小さくなる。すべて石突きの部分をこちらに向けて開いているから、把手は隠れて見えないが、どれもこれも同じ大きさをした子供用の傘だ。細かく観察すれば、花模様も水玉模様も縞模様も幾何学模様もあり、良く知られた漫画の登場人物や動物をあしらったものもある。地の色も、紅や朱色、紫やオレンジやピンクに近い色など、様々に異なって赤かった。

これならば、こんなにたくさんあるのなら、近づいて行っても構わないだろう。ひとつひとつを確かめながら廊下をずっと歩いて行っても、とがめだてされることはないだろう。そう思えることが、この上なく喜ばしい。

一足踏み出すと、一番近くの傘が回った。

傘は自転しながら同じ場所に留まって、くるくると回る。続いてその後ろの傘が、その斜め後ろの傘が、またその後ろのが、回転は先へと伝わるらしく、次々とその場で回り始める。手前の方から奥の方へと、順に速度が増していくようだ。ポッチのような小さな石突きを真ん中に囲い込んで、ひたすら回る。放射状に張った骨の線も布地を彩る模様の数々も、ぶれてかすれて見えなくなる。足下すぐそばの花柄だった傘は、いつしか模様を筋に変え、色違いの輪を幾つも重ねて延々と回っている。

雨など一粒も降ってはこないのに、傘立てから傘が一本引き抜かれる。格子戸を開け玄関先へカラコロと、下駄の歯を鳴らして出て行く素足の踵《かかと》が白い。紙張りが乾いた音を立てて開き、着物の肩に軽々と担がれる。細い黒塗りの柄を支軸にして、傘が回り出す。白抜きの蛇の目が限りなく巡り、艶やかな円に無数の竹骨が溶けていく。前に立つ人の背中で、紅色の蛇の目傘がゆるゆると目眩《めくるめ》く回っている。そんな光景に見覚えのあるようなないような。どちらとも定かでないままに、とろけるような懐かしさが湧き上がった。

風もないのに風車《かざぐるま》みたいに回っている。これは、このままにしておかなければいけない、こんなに見事な回転を、止めたりなどしてはいけないと思う。どれにもぶつからないように、細心の注意を払わなければ。足の踏み場もないほど密にひしめいている傘と傘の合間を縫って歩く。子供の頃の石けり遊びと同じく、たやすくはいかないところがすこぶる面白そうだ。ゆっくりと気をつけて進んで行こう。外廊下の終わるところまで、ずっと歩いて行ってみよう。

私は目の届く限りの遠くへと目をやって、赤くあでやかに回り続ける傘の間を歩き始める。

ニトロシンドローム

yoshimura man'ichi

吉村萬壱

冬の寒さは粗方去ったが、陽が傾くとまだ少し肌寒く感じられる三月の半ば、東が山、西が海という南北に長い町である津歯町《つばちょう》もまた、近隣の町同様、全国的に蔓延する病気の只中にあって不気味な静けさを保っていた。

津歯川は町を東西に貫く二級河川の一つで、その日の白昼に下流域の、爆破された工場から流出し始めた長く黒い油の帯が、両岸の石や草、川面から突き出した箪笥やベッド、小動物やよく分からない生き物の屍骸、自動車やバスや家の残骸といった様々なゴミにへばり付きながら海へと流れ出ていた。

河口近くに架かる平和橋の上を、たまに、自動車やダンプカーが猛スピードで通り過ぎて行く。

川の上流側の欄干の下では、引っ繰り返った事務机によって油膜が遮られている場所があり、その安全地帯に十数匹のボラが固まって群れ、ひっそりと鰓《えら》呼吸しながら揺れていた。事務机に抱かれたこのボラの群は、揃って頭を同じ方角に向けている。そこへ湯たんぽぐらいの大きさの、頭と甲羅に真っ黒な油をへばり付かせた一匹のミドリガメが、四肢で水を掻きながら近付いてきた。ミドリガメは事務机の裾に沿って回り込み、ボラの群の中にゆっくりと突っ込んだが、群は特に反応せず、平然と揺れ続けていた。

その様子を、初老の病人が欄干越しに見下ろしている。

平和橋の北側のたもとは交差点になっていて、病人は橋の北の端に佇んで信号待ちをしているのである。手にはレジ袋を提げ、その中には津歯川沿いに建つスーパー「ツバッコ」で買った賞味期限切れのコロッケ弁当とペットボトルの水、そして一口チョコが一個入っている。

その病人の方へ、南の方角から一人の健康的な若者が橋の上を駆けてきた。病人は川から視線を上げ、その若者をじっと見た。優勝を視野に入れたマラソン選手のような力強い肉体が、見る見る大きくなってくる。そして病人のすぐ傍まで来ると、若者は突然唇を真ん丸にして口の中から濃い白煙の塊を吐き出した。病人は目を剝いた。白煙は人の頭ほどの大きさに膨らんで宙に浮いたかと思うと、海風に煽られて忽《たちま》ち形が崩れ、病人に向かって流れてきたので病人は反射的に後ずさった。若者は咥え煙草をしながら走って来たのである。所々土埃で汚れたガテン系の服を身に着けたその若者は、指でOKの形を作り、短くなった煙草のフィルターを親指と人差し指で摑むと、それを唇から引き剝がして川に投げ捨て、「日本の人口が減少して年金制度が破綻するのは天の配剤だ」と言わんばかりの顔で「ツバッコ」の方へと走り去っていった。この一連の動きは数秒の内に起こった。見る見る小さくなっていく若者の後ろ姿を目で追いながら、病人は、煙草の煙を吸わぬように止めていた息を一気に吐き出した。

若者が投げた吸殻は、音は聞こえなかったが如何にもジュッという感じで、ミドリガメの傍の水面に落ちた。若者が橋の上に残していった煙は風に運ばれて、川を遡るように東の空へと消えていった。こんな社会でなければ、あと三年ほど待てば年金が貰える筈だった信号待ちの病人は、ジャンパーの胸元を掴みながら再び欄干越しに川を見下ろした。吸殻が川面に浮いて揺れている。その吸殻を食べようとして首を伸ばしたミドリガメは、一匹のボラに簡単に目当ての吸殻を横取りされた。吸殻を吸い込んだボラは、毒を食べたことを悟って反射的に吐き出した。ボラの顔は一瞬激しい憎悪の念に歪んだように見えたが、すぐに他のボラの顔と区別がつかなくなった。ただその時、一時的に事務机が痙攣するようにブブッと揺れて川面が小刻みに波立ったように感じて、病人は咄嗟に欄干から身を乗り出して事務机の周辺を凝視した。そして事務机の振動が、ミドリガメの甲羅がぶつかって生じていることを確認すると緊張を解いた。

ボラの群は皆一様に口を開け、相変わらずユラユラしている。

ミドリガメは養殖された無数のミドリガメの一匹で、町外れの山裾に建つ神社の、夜店のミドリガメ掬いで売られていたものだった。甲羅の色がまだらだったり傷があったりして売れ残った個体は、津歯町在住の夜店の主人によって津歯川の支流に捨てられた。その捨てられた十数匹の中で、この四年間を生き延びたのはこのミドリガメだけだった。体は既に最大化し、指を広げた後ろ足の大きさは子供の手ほどもある。

四年前、ミドリガメ掬いの夜店の主人には四十五年間連れ添った古女房がいたが、遠い町に地方回りに出ていた彼がその日のミドリガメの売り上げに手を付け、見知らぬ土地のスナックの年老いたママと「別れたらぁ次の人ぉ」などと歌っている丁度その時刻に、彼の妻は家の風呂の湯船の中で追い焚きのスイッチを押し、その瞬間心臓が止まって、夫に色々と言いたいことがあったがもう遅いという諦めの中、心筋梗塞で死んだ。四年前の早春のことである。翌夕、地方回りから戻ったミドリガメ掬いの主人は家に入った途端に異変に気付き、風呂の戸を開けると、生臭さと腐臭と湯気に直撃されて息が止まった。妻の頭部は深々とお辞儀するように、赤茶色に濁った湯の中に耳の裏まで浸かっていて、湯には鮭フレークのようなものが幾つも浮いていた。それは、茹でられた体の中から剝がれ出てきた内臓の切片と思われた。自動追い焚き機能がずっと作動していて湯は四十二度を保ち、妻のぶよぶよの体に触れると尋常でない熱さで、腕を摑むと皮がベロリと捲れてしまいそうで思わず手を引っ込めた。

葬儀は自宅で行われた。

ミドリガメ掬いの老人は、葬儀に参列していた高校生の孫の手の甲に自分の掌を重ねて、妻の皮膚が如何に熱かったかを、自分が子供だった頃にうっかり触れて火傷したことのある練炭に喩えて語った。「そうなんだ……」と言いながら頷いたこの孫は練炭を見たことがなく、漠然と火山弾のようなものを想像しながら上の空で聞いていた。そんなことより彼は、「首のホクロから長い毛が生えてきて困ってるの」という屈託を抱いた少しネガティブな性格の小太りの女子生徒と付き合い始めたばかりで、頭の中はこの白ポチャの彼女のことではち切れんばかりになっていた。ひょっとして祖父が地方回りをしている間、祖母の仏壇の水を替えたり線香を上げたり空気の入れ替えをしたりしながら、この静かな環境で大学受験の勉強をさせて欲しいとお願いすればこの古家を借りられるのではないかと、彼は盛んに考えを廻らせた。居間には立派な黒いソファがあり、その上で自分達二人の若い裸体がタラの白子のように絡まり合っている光景を彼は幻視した。その瞬間、正座した学生ズボンの中が痛いほど膨らんできたので、彼は即座に股間の上に両手を重ね合わせ、恰《あたか》もそれが故人に対する自分なりの祈りのポーズなのだという風を装った。無意識にズボンの上から圧迫を加えると、その本能的行為が勃起の快楽を倍増させる効果に自分でもびっくりして、彼は読経が終わるまで何度も繰り返し押さえ続けた。ミドリガメ掬いの老人は、そんな孫の邪気のない仕草を横目でそっと盗み見た。

「なもわいだあなもわいだあ」という僧侶の声が築七十年の家の中に響き渡った。

津歯安悦寺のこの気の弱い一人住職は当時三十二歳で、三十六歳になった四年後の今は「のまぅだぁのまぅだぁ」と唱えながら生計を立てている。檀家の主婦達はその声を、「ブランデーと言うよりちょっと癖のあるアイラモルト」と噂した。住職の体を知る何人かの年増女達は彼のことを密かに若道鏡と呼び、「個別説法教室」に積極的に申し込んでくる。その個別教室の中身は「舌法」による六根清浄だったが、そのお陰で、深い悲しみを湛えた彼女達の心は徐々に女子中学生のような無邪気さを取り戻しつつあった。彼は僧侶として、社会的にはこれを福祉事業の一環、個人的には苦行の一つと捉え、特に夫が爆死した寡婦達の希望に沿えるよう、舌と全身とを使って奉仕することを衆生済度《しゅじょうさいど》の利他行と心得ていた。

ミドリガメ掬いの老人の孫はその後一浪して地元の仁恕《じんじょ》大学に入り、現在二年生となって社会福祉学を勉強しているが未だに童貞である。その日キャンパス内を歩いていた彼は、擦れ違う男子学生の何人かから注がれる熱い視線を感じて気持ちを昂ぶらせ、自分は異性より同性の気を惹くタイプであり、いっそ同性と付き合う方が童貞を早く捨てられるのではないかと考えたりした。背後にガラガラという音がして、振り向くと重機が黒煙を上げながらダンプカーの荷台にショベルの中身をぶちまけていた。取り壊されているのは、半壊して使い物にならなくなった工学部棟である。文学部棟を間借りするようになった工学部の学生の中には、昨今頻発している現象を科学的に説明出来ないという絶望から悲しい選択をする者もいた。彼の胸の内には、そんな学生達を慰めたいという博愛精神も芽吹いてきていた。少し前から彼に気のある素振りを見せる工学部の学生が、二人ほどいた。彼は女のように髪を搔き上げた。その時、自分ではまだ気付いていなかった一円玉大の円形脱毛の頭皮に冷たい指先が触れた。その瞬間彼は首を竦《すく》めて後ろを振り返り、学生達への惻隠の情など忘れて睨《ね》め付けるように周囲を見回した。

首のホクロから長い毛が生えた女は、高校を卒業すると医療関係のコールセンターの電話オペレーターになり、初任給でホクロ治療をし、屈託がなくなって一挙にポジティブ化した。そのせいで彼女は、二週間だけ付き合ってクラス替えの後に自然消滅した、女体だけが目当ての、常に二ミリほど鼻毛が出ている男子高校生のことを長い間思い出すことがなかった。しかしコールセンターが数週間前に爆破され、職を失った途端に彼女のネガティブ傾向は復活し、風呂に入らなかったり無駄毛の処理を怠ったりといった自堕落な日々の中、時折仄暗い記憶の底から鼻毛の高校生の顔が朧ろげに脳裏に浮かび上がってくるようになった。

交差点で信号待ちをしていた病人は、自分がなぜずっと待ち続けているのか疑問に思い始めた。交差点では、東西方向にも南北方向にも数台の車が通り過ぎて行き、南から走って来たガテン系の若者が東西の道路を横断して「ツバッコ」方面へと走り去って行ったのもついさっき目にしたばかりである。自分だけがなかなか道路を横断出来ずに、信号が青に変わるのを待ち続けている。しかしよく見ると、この交差点の信号機は全て死んでいた。車両用信号機の丸い三つのライトも歩行者用信号機の四角いライトも、いつからそうなっていたのか黒く沈黙している。彼は信号待ちをしながら、少しも信号機を見ていなかったのだ。こういう不注意は、生活のあらゆる場面に見られる彼の悪癖だった。他の車や歩行者は、死んだ信号機など無視して自分の勝手な判断で交差点を通過していたらしい。

この信号機のような機能麻痺は、町のあちこちで激増している筈だった。

彼は両目を見開いて左右を確認し、横断歩道上を歩き始めた。

やってみるとそれは、たわいもないことだった。「青は渡れ、赤は止まれ」という規則に六十年以上も従い、車の来ない交差点であっても頑なに信号を遵守して赤い光を眺めながら一人立っていた早朝や深夜は数知れず、そんな時彼は恰も何かを果たしているつもりでいたが、真面目に生きるとはそういうことではなかったのだ。人生に必要なのは従うことではなく自分で判断することだと思い定めて、彼は信号機を見上げた。

空を背景にした信号機は頭を真横にひょいと突き出し、それはまるで車両や歩行者を小馬鹿にしているかのような如何にも憎々しげな面構えだった。彼は信号機の死んだ目玉を睨み付けた。この信号機が蔑《さげす》んでいるのは、他ならぬ、今ここにいる自分なのだという気がした。彼は罪人を告発するように真っ直ぐに信号機を指差し、「そっちが『お前は病気だ』と告げるならこっちは『お前は死んだ』と宣告する」と心の中で言い放った。

気が付くと、信号機の頭がブブッと音を立てて振動していた。

病人は慌てて指を下ろし、レジ袋の持ち手を両手で摑んで橋の欄干に寄りかかり、呼吸を整えた。

河口側の欄干から見下ろす津歯川の水面は、午後の陽射しを反射して黄金色に輝いていた。海の方を見遣ると、橋梁の片側が橋脚から完全に落下して川底に斜めに突き刺さっている私鉄電車の鉄橋と、その向こうの海上を走る、何箇所かコンクリートが大きく欠け落ち、あちこちの照明灯が折れ曲がった湾岸高速道路が、逆光の中に黒々と無残な姿を晒していた。この湾を囲むようにして臨海コンビナートや倉庫群が何十キロも先まで建ち並び、その幾つかは今も鎮火せずに燃え続けている筈で、この場所にも薄っすらと化学物質の燃える臭いが漂っているような気がして、病人は力ない咳をした。

首にホクロのない女は仕事を失ってからすっかり夜更かしに慣れてしまい、明け方近くになってやっと床に入るような生活を続けていた。電話やインターネットの通信障害は日増しに酷くなり、得られる情報の信頼性は極端に低かった。彼女はもっぱら音楽を聴いたりゲームをしたりして気を紛らわせていたが、体のあちこちに出来た湿疹が尻にまで拡がって痒く、ふとした拍子に未来のことを考え始めると恐怖心が止まらなくなり、決まって上手く息を吐くことが出来なくなった。息を吸い続けている内にひとりでに涙が出てきて、その結果深い悲しみに打ちのめされることも一再《いっさい》ではなく、最近は特に辛い時間が増えた。

吐く息が笑う息なのに対して、吸う息は泣く息だった。そして人は悲しいから泣くのではなく、泣くから悲しいのだ。昼だろうと夜中だろうと、泣いている者の弱みを感知して音もなく近付いてくる悪い人間の気配がマンションの部屋のすぐ前まで迫っているのを、彼女は度々感じた。自国民であれ外国人であれ宇宙人であれ、言葉が一切通じないという点ではそういう連中は鬼と変わるところがない。鬼に部屋に踏み込まれてボコボコにされ、レイプされた挙句に爆死させられるということが、単に悪い予感ではなく、決定済みの運命としてもう避けられないものになっているような気がした。数年前にもこのマンションで、強盗殺人の犠牲者が出ている。何度か見かけたことのある若くて愛想が良かったそのOLは、若者集団に輪姦され、八階の窓から生きたまま投げ捨てられた。連中はどんな鍵も開け、どんなベランダからでも侵入し、どんな悪行も厭わない。恐怖の淵は底なしで、一旦下降モードに入るとどこまでも落ちて行くしかなかった。

彼女はその日も泣き疲れて眠り、悪夢に襲われて叫びながら目を覚ますと、部屋のどこかに、自在に大きさを変えられる鬼が潜んでいるかも知れないという不安がどうしても拭えず、クローゼットや押入れからチェストの抽斗やピルケースに至るまであらゆる空間を確認した。やがて疲れ果ててぼんやりし、全ては神経症的な杞憂に過ぎないのかも知れないという気持ちになった時ふと、高校二年の三月に二週間だけ付き合った鼻毛の同級生のことを思い出した。そして彼女は手鏡に顔を映し、自分の鼻毛をカットし始めた。空気が汚れているせいか、鼻毛の伸びはとても速かった。もし鼻毛の彼が、人を恐れたり憎んだりせずに済む方法を知っているなら是非聞いてみたいと彼女は思った。確か彼は将来人の役に立ちたいと言っていたし、大学も社会福祉学部に進んだ筈だった。湿疹だらけのこんな体では無理かも知れないが、とにかく彼女は少しでもまともな人間に会って、互いの心身を隙間なく擦り合わせたい気持ちで一杯だった。

スーパー「ツバッコ」のカート置き場には、変形したショッピングカートが乱雑に積み上げられていて、中には爆風で吹き飛ばされたのか、店の庇のフレームに引っかかってぶら下がっている危険なカートもあった。店内の天井や壁には赤茶けた染みが点々とあり、複数個所に大きな穴が開いていた。応急処置のブルーシートは先週の強風で捲れ上がり、雨漏りが酷かった。客の靴が持ち込む泥や砂が雨漏りの水と交じって床一面を覆い、乾くとあちこちで砂埃が舞い上がった。従業員は床に如雨露《じょうろ》で水を撒き、ワイパーで繰り返し水切り作業をすることを余儀なくされている。

そんな中を、まばらな客が、半壊した棚の中に残り物を物色していた。

と、バックヤードの中から銀色のスイングドアにワゴンをぶつけて押し開き、一人の従業員が売り場へと躍り出てきた。それを見た数人の客は、そのワゴンの後を追って足早にパンコーナーに集まってきた。殆ど空だった棚に従業員の手で食パンや菓子パンが並べられ始めるや、客達は競って手を伸ばした。別の店から掻き集めてきたパンらしく種類はバラバラだったが、客の目は欲望に輝いた。しかし客達はどこか微妙に遠慮し合ってもいて、ワゴンから直接パンを掻っ攫《さら》っていく者も、あからさまに他人を押し退ける者もいなかった。従業員も客も一言も声を発しない。彼らはその従業員を含めて六人だったが、夫々が自らの利益の最大化を図りつつ、この小集団内に於ける力の均衡に細心の注意を払っているかのように見えた。

そのパンコーナーに、一際体の大きなガテン系の若者が大股で近付いてきた。彼は他の客が近所に住む常連客ばかりなのに対して一見して余所者で、恐らく爆破された危険家屋を取り壊しに津歯町にやって来た解体業者だろうと思われた。彼は、部分的に燃えて溶けた籠を手に提げ、その中には一リットルのペットボトルの水が数本と、煎餅、ちくわ、はんぺんなどが入っていた。遅い昼食用にと食料の調達を任された使い走りらしかったが、籠の中身が仲間の労働者の胃袋を満たすにはとても足りない量なのは明らかで、彼が切実にパンを求めていることは誰の目にも分かった。しかし既に陳列棚にもワゴンにも、パンは一つも残っていない。買い物客達は夫々のパンを手に、その場からゆっくり立ち去ろうとした。

「待てやっ」若者が低い声で言った。

五人の客と一人の従業員は、その場に凍り付いた。

「もうパンはないんか?」彼は従業員に訊いた。

「ありません」従業員が毅然として答えた。

「余所者には売らんのか？」

「そういうことではなくて、もう在庫がないんです」従業員は両掌を上に向けた。

すると一人の老婆が、持っていた蒸しパンを若者に差し出した。

「何や婆さん、そのパンを俺に譲ってくれるんか？」若者が言った。

「お望みならばどうぞ」老婆はそう言って手を伸ばし、持っていた蒸しパンを若者の籠の中に落とした。蒸しパンははんぺんの袋の上に落ち、ガサッという音が静まり返った店内に思いの外大きく響いた。若者はニッコリし、自分の籠の中の蒸しパンに視線を落とした。その時、何かを感じた中年の男が、忍び足で後ずさった。若者は落ち着いているように見えた。するとパンコーナーのスチール棚がブブッと音を立てて震え出し、空のワゴンが少しずつ床の上を回転し始めた。と同時に中年男が突然小さく飛び上がり、踵《きびす》を返して猛然と走って逃げた。他の五人は目を剝いて互いの顔を見詰め合い、顔を上げた若者のこめかみの血管と頸動脈が青く膨らんでいるのに気付いた時、彼らはこの場の力の均衡が崩れていることを知った。

平和橋の上にいた病人は、突然の爆音と空気の波動に驚いて咄嗟にその場にしゃがみ込み、自分の胸座《むなぐら》を鷲摑みにした。一つの爆発は、その場にいた犠牲者の発作的な狂乱や恨みや怒りによって連鎖的な爆発を惹き起こすことが少なくない。病人は息を殺し、次の爆音に備えた。

五分以上が経過し、病人はゆっくりと立ち上がった。

空に一本、狼煙のような黒煙が立ち昇っている。煙の出所は、彼が半時間前に賞味期限切れのコロッケ弁当とペットボトルの水、そして一口チョコを買ったスーパー「ツバッコ」らしかった。自分の生活圏の重要な食料供給の拠点に於いて又しても爆破事件が生じたことに病人は怒りを覚え、レジ袋から一口チョコを取り出して口に入れた。噛むと甘過ぎて耳の下が痛くなり、チョコにコートされたキャラメルが虫歯の神経を強く刺激したが、怒りの気持ちは少しだけ治まった。

暫くすると「ツバッコ」の方角から不穏な声が聞こえ、彼は身構えた。声に悲鳴のようなものが交じっている。「ツバッコ」の店内から、客や従業員が逃げ出しているのだろう。犯人が暴れ回っているのかも知れなかった。怒りの閾値を超えて爆破を惹き起こした犯人が、自爆を免れて生き残っている可能性は充分にある。思念による爆発は位置的な誤差が大きく、爆破を念じた本人を吹き飛ばすこともあれば、全く見当違いの場所を爆破させることもあって危険極まりなかった。人は数回の爆発を発生させると死ぬというのが通説だったが、一人で何十回も連続爆破を惹き起こす例はインターネット上に幾らでも転がっていた。ネットには他にも、工場の煤煙に巻かれて失速した鳥が落下しながら工場施設を次々に爆破していく様子や、人の家の飼い犬に石を投げた老人がその犬によって爆死させられるなどの映像が濫《あふ》れ返っている。

病人はすぐに家に戻るべきだと考え、頭を低くして平和橋の南端まで移動し、橋から下る小さな石段を駆け下った。橋の東西に一つずつある石段は、平和橋の架かる車道の下を東西に走る狭い道に通じている。彼は家に向かうべく、車道の下を潜った。その時、反対側の石段を体の大きな若者が駆け下りてきて、彼の行く手に立ちはだかった。それは煙草の煙を吐き出した若者で、黒く煤けた顔や服から焦げ臭い臭いを漂わせ、スーパー「ツバッコ」の籠を手に提げていた。籠の中にはペットボトルや潰れた菓子パンが入っていた。それらは明らかに、爆発のドサクサに紛れて未精算のまま持ち出された商品に違いなかった。病人が目を逸らしてそのまま通り過ぎようとすると、若者はわざと彼に体を寄せてきて道を塞いだ。見上げると若者は煤の付いた頬を緩ませてニッコリと笑い、病人が手に提げているレジ袋に視線を注いだ。病人のレジ袋からは、ペットボトルの水が一本と、スーパー「ツバッコ」の賞味期限切れ商品の棚に一つだけ残っていたコロッケ弁当とが透けて見えている。病人はこの日はさっき食べた一口チョコしか口にしておらず、コロッケ弁当はカロリー不足の彼にとっての生命線であり、断じてこれを盗られるわけにはいかなかった。すると目の前の若者が突如悪人に見え、単にレジを擦り抜けてきただけではなく、この男こそ爆破犯人だという確信が湧いた。

丁度同じ頃、仁恕大学のキャンパス内を歩いていた鼻毛の大学生に工学部の二人の学生が後ろから追い付き、「ねえちょっと」と声を掛けた。鼻毛の学生が振り向くとそこにずっと意識していた二人がいたので、彼は内心驚喜しながらも平静を装い、顎に手をやって小首を傾げ「ん？　何？」と答えた。すると一人が「おたく、ずっと鼻毛ってるよね」と言い、もう一人が「それに加えて禿げってるよね」と言って大笑いした。

「まさに！」と鼻毛の学生は応じ、右手の人差し指を鼻の穴に、左手の人差し指を円形脱毛の頭皮に当てて一緒に笑った。するともう用事は済んだという顔で、二人は「じゃあね」「またね」と言って走り去って行った。鼻毛の学生はその後姿に長々と手を振りながら、彼らが走り込んで行った文学部棟を眺めた。

首にホクロのない女はその時、インターホンの画面越しに一人の青年の顔を見た。その青年は「市の福祉課の者です」と言った。彼女はそれは「死の福祉課」だろうと思った。画面には青年の背後にチラチラと別の人間の体が映り込んでいて、彼女はとうとう複数の鬼がやって来たに違いないことを確信した。しかし彼女は自分でも驚いたことに、すぐ画面に向って「少々お待ち下さい」と返事をしていた。それはその青年の目がどこか懐かしい優しさに満ちていたのと、もしも彼らが鬼だったとしても、殺される前にこちらから念波を放って爆殺してしまえばよいという覚悟が、いざ鬼の訪問を受けたこの瞬間、初めて彼女の心に固まったためだった。

彼女は玄関扉のチェーンを外し、サムターン錠を回した。それと同時にドアノブが回って大きく扉が開き、部屋の中の空気が持っていかれて奥の居間で何かが倒れる音がした。

青年は数秒間じっと彼女を見詰めると、後ろにいる仲間に向って「あかん、ブスですわ！」と言って勢い良く扉を閉めた。玄関の自動照明灯は暫くの間点いていたが間もなく消えて、彼女は薄暗い玄関に佇んだまま、扉の覗き穴の小さな輪をずっと凝視した。

「個別説法教室」で初老の女性信者の股間に「舌法」を施していた津歯安悦寺の住職は、このところの胃の具合の悪さから何度もえずきつつ、これも修行の一環と心得て、固く目を閉じて千切れるほど舌を動かした。いつもと違ってどこか自棄《やけ》っぱちな「舌法」に不審を感じた女性信者は、肘を突いてゆっくり上体を起こすと、えずく度にピクッと痙攣する若道鏡の背中を眺めながら、その目を次第に三角にしていった。いっかな濡れないことに仏の弟子としての未熟さを感じた住職は、一旦舌の動きを止めて目を見開いた瞬間、女性信者の視線に鷲掴みにされた。

ある日突然人類及び他の生物に備わることになった、意のままに爆発を惹き起こすことが出来る能力は、極めて扱いの難しい望まれないギフトとして忌避され、実際、当初は多くの地域で悲劇的な爆破事故が頻発して甚大な被害を齎《もたら》した。その惨禍は、他の生物に増して特に人類に於いて顕著だった。しかしその後、人々は力の均衡による爆発の抑止という、危うい平和状態を作り出す技に習熟してきたように見えた。

しかしその均衡は脆く、僅かな振動で爆発するニトログリセリンのように、ちょっとしたきっかけで崩れ去ってしまう。力の均衡とは極度の緊張状態に過ぎず、例えばそれは、どういう理由からか津歯川のミドリガメが一匹のボラを木っ端微塵に破裂させてしまった時、その破裂音に驚いた病人と若者が反射的にそれぞれのエネルギーを全解放してしまい、その相乗効果で自分達自身を含め平和橋ごと吹っ飛ばしてしまった事件に見られるように、平和とは程遠い状態なのである。これと同時刻には、仁恕大学の文学部棟の一部破壊によって数人の学生が負傷した事件と、一人暮らし女性がマンションの扉を吹き飛ばした事件、津歯安悦寺の本堂内の内陣で住職が爆死した事件とが起こっている。調べによるといずれのケースも、当事者が強い緊張状態や怒りに耐えられなかったことがトリガーになったことが分かっている。

なおマンションの扉の事件は、亡き妻の墓と共に爆死するつもりが誤って幾つもの他人の墓を破壊してしまったミドリガメ掬いの老人のケース同様、孤独による寂しさという問題が関係しているかも知れない。

人類がいつかこの能力を、ニトログリセリンのように一種の薬として役立てられる可能性はほぼゼロに近いが、間違って進化した種が連鎖的に全滅していく装置としては有効かも知れないと考える学者は少なからず存在する。

天の岩戸ごっこ

t a n i z a k i   y u i

谷崎由依

『日本の神話』全六巻は、あかね書房から出ている古事記の絵本版だ。一万二千円する箱入りのを購入するまではずいぶん迷った。絵本を読むのは娘のあいで、あいの気持ちはあいにもわからない。買って読んでもらえなければ、値段的にも惨めである。けれど赤羽《あかば》末吉《すえきち》が絵を描いている本をあいはたいてい気に入った。異様に気に入ると言ってもよかった。例外は怖い本だけ。だから一か八かで注文することにした。近所の図書館には置いてなかったし、お試しのつもりで分冊を買うと、箱が欲しくなったときに困ると思ったのだ。

届くとなかなかの存在感だった。急には棚をあけられないので、ひとまず自分の仕事場へ置く。「くにのはじまり」「あまのいわと」「やまたのおろち」「いなばのしろうさぎ」「すさのおとおおくにぬし」「うみさち　やまさち」。横長の大判で、本文は見開きの右に文字、左に絵を配してある。両面いっぱいが絵のページもあり、水平方向にぱっと景色が広がるようだった。うつくしい絵は見ていて飽きない。文字はそれなりの分量があり、人名など漢字も多い。読み聞かせるのだからおなじといえばそうだが、タカマノハラとかアメノミナカヌシとか、長ったらしい固有名を、二歳半の子が受け入れられるものだろうか。しばらくはひとりで眺めておいて、あいに見せるのは先でもいいように思えた。

夕方、保育園から帰ってきたあいは、なかば無理やり手を洗わされたあと、仕事部屋の扉が少しあいているのに気づいてとことこと入っていった。そうして机のわきに置いてあるのをあっさりと見つけた。「これ、なにい」

「ああそれは」返事に迷う。まだ見せないとさっき決めたところだった。「おかあさんの本なんだ」

「あいちゃんの」そう言う娘は、紙の詰まった重たい箱に両手を掛けている。ミニチュアみたいにちいさな手は、まるくて柔らかくて湿っていて、蛙を思わせるところがある。蛙の手はこんなのではぜんぜんないのだが、意志をもって摑んだら滅多なことでは放さない、それが吸盤めいているのかもしれない。断固としてあいは箱を摑んでいる。

「しょうがないなあ」絵本とそうでない本、自分のためにあるものとそうでないものとを即座に見分ける、この能力はなんなのだろう。「でも、まだちょっと難しいかもよ」

「よんだいい！」

あいは声高に主張する。読みたいと言っているつもりなのだ。動詞変化の際のイ音がなぜか撥音に置き換わってしまう。たとえば、遊びたい、は、遊んだい。

「じゃあ一冊だけね」見せてしまったものは渡すしかない。どれがいい、と訊くと、「くにのはじまり」と「あまのいわと」を選んだ。まるで一冊ではない。「やまたのおろち」だけは表紙を見て、怖いからどこかへ隠せと言う。「あまのいわと」からカバーと付録のしおりを外して差し出すと、引ったくるように持っていってしまった。芽生えたばかりの社会性に、加減というものは存在しない。

軽い体と短い足が、大人にはできない軽快な調子で床を鳴らして走っていく。廊下から台所をぐるっとまわり、赤ん坊のときから敷いてあるマットの上へ座り込む。両膝を内に折り曲げて、まるい目でこちらをまっすぐに見、「あまのいわと」を突き出している。読んだい、はもちろん、読めという意味だ。

晩ご飯の時間を見据えつつ、わたしもあいの向かいへ座った。紙芝居を読む要領で、絵本を膝に立ててあいへ向け、上から判読する。「伊邪那岐《イザナギ》の神は三人の子　天照《アマテラス》と月読《ツキヨミ》と須佐之男《スサノオ》にそれぞれ　高天《タカマ》の原と夜の国と海上を治めさせたが　末の子の須佐之男は　すなおにいいつけを守るような神ではなかった」まずは忠実に読みあげてみるが、得心しがたい様子である。そこで絵に即して大枠だけを伝えるモードに切り替えた。

「えーとね、三人のきょうだいの神がいたんだけど、末っ子のスサノオは暴れん坊で、すぐにひっくり返って泣いたり、いやいやーってばっかり言ってたんだって。ほら、あいちゃんもやるでしょ？　ひっくり返ってイヤーって」グレゴール・ザムザみたいに仰向けになり、手足を動かす仕草も加える。あいは頷かないけれど、さっきよりは伝わっている感じがする。「それでね、お父さんのイザナギが、なんでお仕事もしないでイヤイヤばっかりしてるの、って訊いたら、スサノオ、おかあさんがいないから泣いてるんだ、さみしいよう、おかあさんに会いたいよう、って答えたんだって」

「おかあさんいないからないてるの」

「そう」

須佐之男の母・伊邪那美《イザナミ》は、国生みの最後に火の神を産み、ほとを焼かれて黄泉の国へ行った。出産がもとで死ぬというのはリアリティ溢れる設定であると、あいを産んだいまとなっては思う。医療がなければひとは出産でわりと死ぬだろう。

あいが焦れったそうにページをめくるので、わたしも先を読む。「そしたらね、お父さん怒っちゃったんだ。そんなわがまま言うんやったら、こっから出てって、あっち行ってーって」あっち行ってーというのは、機嫌が悪いときのあいの常套句だ。

「なんでえ」

「なんでかなあ。それでね、スサノオくんはおねえちゃんのアマテラスちゃんがいるタカマノハラに行くことにしたんだ。おねえちゃんにバイバイって言ってから、この国を出てくことにしたんだって。

だけどね、スサノオが近づいてきたら、びゅんびゅん風とか嵐とか起こって、タカマノハラもめちゃくちゃになっちゃったの。だからおねえちゃんは、スサノオは喧嘩に来たんだなって思っちゃって、戦いの準備をしておいたんだ」

姉弟はある勝負をし、その結果須佐之男が勝つ。須佐之男はますます増長し、天照の田んぼを踏み荒らしたり、神殿に糞をしたりする。「トイレでもないのにうんちしたんだって。悪いねえ」あいはまだオムツが外れていないが、排便はちゃんとトイレでできる。須佐之男の行状をやりすごしていた天照だが、到底看過できないことが起きる。須佐之男が天照の機屋《はたや》に、皮を剥いだ馬を投げ込んだのである。恐慌をきたした機織女は、道具に体を貫かれて死んでしまう。女性器に刺さったとは、さすがに絵本には書かれていない。

「おねえちゃんは、これは手に負えない、もう無理あかーん、てなって、閉じこもることにしちゃったんだ。あまのいわと、っていうところに入って、ばしーんと戸をしめちゃったの。

アマテラスはおひさまの神さまだから、アマテラスがいないと外はずうっと夜になっちゃう。真っ暗のままなんだ。それでみんな困っちゃったんだ」

神たちは策略をめぐらせた。鶏を集め、鏡を用意し、腕自慢の神・手力男《タヂカラオ》を岩戸に待機させる。そして天宇受売《アメノウズメ》が舞台にあがり、鶏の声に合わせて舞を舞うのだ。

「なんでこの子、おなかでてるの」

「それはね、アメノウズメちゃん、って言ってね、踊ってるうちに楽しくなって、お洋服脱いじゃったんだって」

いったいなんの騒ぎかと、天照が岩戸をかすかにひらいたその瞬間、神たちが鏡を差しかけた。鏡に映った姿を見ようと身を乗り出した天照を、手力男の手が引っ張り出す。ページをめくると、あいが、ちいさな歓声をあげた。溜め息みたいな声だ。

見開きの左上のほうにあらわれた天照の体から、ひかりの線が右に左に発していて、右手前にややおおきめに描かれた天宇受売の体は、そのひかりが風であるかのように、髪や衣服を後ろへたなびかせている。おなじく風を愉しむような、こころよさげな表情。二つ前のページも見開きで、構図はまったくおなじだった。ただそちらにはひかりはなく、閉ざされた天の岩戸の前で男神たちが待ち構え、天宇受売が踊っている。ぜんたいに暗く、湿っぽい土の色だ。天照すなわち太陽が、あるとないとではこうも違うのが対比からよくわかる。

「こうしておひさまのひかりが戻ってきたんですって。よかったね」

「もっかいよむ」

間髪入れずにあいが言って、それは気に入った証拠だった。「あまのいわと」をもう一度読み、それからなんとか食事を摂らせ、「くにのはじまり」も読むまではお風呂に入ってはくれなかった。

天の岩戸がわたしたちの家に出現したのは、翌日のことだ。

あいが、朝ご飯を食べない。そのことじたいはふつうのことで、とりわけ平日、保育園に行くために早起きして寝不足だったりすると、機嫌を悪くしてあれも嫌、これも嫌と言って食べないのだ。

でもその日は土曜日だった。あいはたっぷりと寝ていたし、機嫌も悪くなかった。それどころかにやにやしている。頬がぷっくりとあがり、下目蓋が瞳を押しあげている。口角もあがっているのだろう。推量になるのは見えないからだ。あいは口許を隠していた。手指をすべて伸ばしてくっつけて、その状態でさらに両手を小指の外側でぴったりと付け、鼻のあたりから覆っている。こちらを見て、促すように軽く首をしゃくったりする。なんだろう。

「うーん、どうしたのかな?」

問うても、目許で笑うばかりで答えない。「かぐや姫かなー」とわたしは、パンの入った木皿を高くあげ、電灯のあたりへ持っていった。「しゅんしゅんしゅん。天人の車が降りてきました。月からの使いですよ」先日来あいが気に入っている見立てだ。円地文子が再話、秋野不矩《ふく》が絵を付けたかぐや姫の、結末部に由来するものだった。

あいは苛立ったかのように首を振る。そして手指にちからを込め、覆った口許を強調する。

「わかんないよー、なに」

するとちいさな声で、なにか言っている。耳を近づけ欹《そばだ》てる。「あまのいわと」と聞こえた。

「よし、わかった」わたしは、ヨーグルトの器に突っ込んであったスプーンを取って、近づけていった。「とんとんとん。天の岩戸をあけてくださーい」スプーンの先で手の甲をつつく。

あいの表情が緩んだ。手のひらの下で笑っているのがよくわかる。「とんとんとーん。あけてくださーい。あまてらすさーん、いるんでしょ。天の岩戸をあけてくださーい。あけてくださいったら、ねえ！」

手のひらの扉がぱっとあいて、満面の笑みにひらかれた唇があらわれた。すかさずスプーンを差し入れる。するとまた、手のひらが閉ざす。「とんとんとーん」とすると、あく。何度かそれを繰り返し、ようやくのことで朝食を終えた。

同様の現象は、さまざまな局面で見られた。リビングから和室へと続く引き分け戸をあいが閉じる。和室側は襖、リビング側は濃い木目調の戸で、ガタが来ていた戸車を取り替えて以来やたら滑りがいい。それをまんなかで、とんと閉ざす。和室に入っているのはあいだけ。常時目を離さずにいるので、完全に姿が隠れてしまうとどうも落ち着かない。わずかな時間も長く感じる。やがてそろそろと戸がひらかれて、指いっぽんぶんの隙間から、ちいさな子どもの黒目が覗く。すかさず、鏡をさしかける。銀色の鏡を黒目が見つめる。そこに映っているものがなんであれ。それから勢いよく扉がひらかれ、持ち重りのするやわらかな体を、わたしの腕が抱きあげる。

役割を変え、天宇受売になって踊ることもあった。赤ん坊のときおくるみにしていた桃色のモスリンを、体に巻きつけてくるくるまわり、しばらくすると放り出す。

ふたたび口許を隠したのは就寝前、歯磨きの時間だった。幼児は自分で磨くことが困難なため、虫歯予防に仕上げ磨きというものが推奨されている。あいはこれが大嫌いで、いつも逃げまわっているのだが、逃げないかわりに岩戸になって閉じこもってしまったのだった。朝食のときしていたように、花びらみたいな指のついた手で、鼻から下をぴたりと覆っている。

「とんとんとん、あけてくださーい」

幼児向けの絵柄がついた水色の歯ブラシの先端に、フッ化物を少し塗って口許へ寄せる。

「あけてくださーい」

繰りかえすと、あーと言ってひらいた。ふっくらと赤い舌があらわになる。唾液の濃い匂いがする。この匂いを嗅ぐと、猫を思い出す。

「あまてらすさーん、どこですか」

まずは下唇をめくって、前歯に挟まった肉などを取り除く。乳歯は適度に隙間があり、ここにはたいてい何か詰まっている。あいはめずらしく口を閉じない。天の岩戸ごっこは歯磨きに適しているようだった。

「あまてらすさーん。こっちにいるのかな？」

続いて上の奥歯に歯ブラシを当てていく。わずかに黄みがかったちいさな歯がずっと奥までならんでいる。いつの間に、こんなに生えたのだろう。毎日見ていても不思議になる。冗談みたいにちいさな前歯が、土を押し退ける双葉のように、生えてきたのはついこのあいだのことみたいに思えるのに。

右奥歯から左へ移るとき、口蓋のまんなかにある窪みが目に入った。桃色の上顎の肉は、表面がぼこぼことしてどことなく岩っぽい。照明の具合で影になっている。あいの口のなかにある、穴。それは大人の口にはないものだった。

「これ、なにい」

歯磨きを終えたあいが、その箇所に人差し指を突っ込んでから尋ねる。「ここ、ひっこんでる」言ってからまた指を突っ込む。

「それはねえ、お乳を飲むとき使ってた穴だよ」

吸啜窩《きゅうてつか》と呼ばれるもので、乳首やそれを模した哺乳瓶の先を穴の奥まで引き込んでから、舌を波打たせるように動かすことで乳汁を掻き出して吸う。出生時に歯が生えていないのは、不要なだけでなくこの動作の邪魔にもなるからかもしれなかった。

「このあいだまで、使ってたんだよ」

あいは夜間の卒乳が遅く、寝かしつけや夜泣きのときなどは、乳を含ませなければ泣きやまなかった。やめられたのはつい二ヵ月ほど前だ。

ふうん、と答えるあいは、あまり憶えてはいないようだった。部屋の反対側に何かを見つけて、そちらへ走っていく。あとは夫に任せて少し休むことにした。

そんな穴が、口のなかにあるというのはどんな気分だろうか。赤ん坊だったころの名残の器官。その気になれば、まだそれを使って母乳を吸うことも可能だ。いっぱしに喋ったり歩いたりしているけれど、人間になってまだ日が浅いのだと思う。わたしの感覚では赤ん坊とは、人間とは何か決定的に違う生きものだった。

もちろん、人間には違いない。ヒト科ヒト属で人権だってちゃんとある。だけど人間の要件として多分一般的に捉えられている、理性とかいったものが決定的にない。自意識ですら、生後しばらくはないのだ。

自分に手があることを発見したのが生後三ヵ月のころだったか。いつもなんとなく視界に入っている、ぼんやりと白っぽく懐かしい色の、ちょこちょこと先がわかれた動くもの。このものは頬に当たってきたり、顔を引っ掻いたりして邪魔だけれど、口に含めば楽しいこともある。それが、どうやら自分の一部で、自分で動かせるらしいこと。そのことを発見した瞬間は、どんなにか驚いただろう。明けても暮れても拳に握った右手を見つめてすごしていた。まだ寝返りすら打てなかったころだ。

赤ん坊のときのあい。その意識の状態を思うと、昔チベットを旅したときに、建物の廊下の隅に置いてあった水甕《みずがめ》を思い出す。土っぽい陶器の裡《うち》を覗くと、外から見るよりずっと深くまで水があるように思えた。混沌として、そこに溜まっているもの。二歳半になったいまでも、あいのなかにはそんな溜まりがあって、うっかりすると嵌まってしまう。だから泣く。大人からすれば理解のできない理不尽さで、身も世もなく涙を流し、声を限りに叫ぶのだった。たとえば寝覚めのときなどに。

「その昔、　世界はまだ　水にういた油のようなものでしかなかった。（中略）「あの　くらげのようにたよりない下界を　おまえたちの力で　すみやすい土地に　つくりかえるがよい」」

「くにのはじまり」の冒頭である。生も死もない、二分法の区別などそもそも成り立たない、ただひたすらな熱量だけのある渾然とした原初の海。赤ん坊というものは、きっとそこから来たのだろう。あいのなかにもまだその名残がある。天之御中主《アメノミナカヌシ》の命を受けた伊邪那岐と伊邪那美は、天の浮橋に立ち、天の沼矛《アメヌボコ》なるとてつもなく長い棒で混沌を掻き混ぜる。天の沼矛の先から滴るものがあり、それが最初の島、淤能碁呂《オノゴロ》島となった。ふたりはそこで国生みをはじめる。

　けれど出産によって命を落とした伊邪那美は、そのまま黄泉の国の住人となってしまう。伊邪那岐とふたりで生み出した、あかるい理性の支配する世界に彼女は存在できないのだ。伊邪那美は、すなわち母は。まったく寓意的な話だった。子どもを生んでも母たるものはつねに影の側にまわらなければならない。産後こんなに経ってもろくに仕事のできない、我が身の上も思いやられる。

そこまで考えて、これもまた穴だなと思った。黄泉平坂《ヨモツヒラサカ》によってこの世と繋がる冥界は、一説には地上であるともされているらしいけれど、赤羽末吉の絵が示す通り、地中の穴という表象が流布していることは否めない。

あいは今度は「すさのおとおおくにぬし」を読んでもらっていた。この巻には親切な鼠が出てきて、それが気に入っているのだ。夫が読んでいるのだが、苦手な読み聞かせに表情を必死でつけているから可笑しい。

須佐之男の子孫・大国主命《オオクニヌシノミコト》は、嫉妬に狂った兄弟たちに殺されそうになり（兄弟たちの求婚する八上姫《ヤガミヒメ》が、大国主と結婚すると言ったから）、母の助言により祖先を頼って根の国にやってくる。しかしここでも、頼りにしていた須佐之男に嫌われ（須佐之男の愛娘・須勢理姫《スセリヒメ》が、大国主に恋したから）、命を狙われる。須佐之男が火を放った草原で、逃げ惑う大国主を助けるのが一匹の鼠である（動物と女には好かれるが、男には嫌われる大国主）。

「「内はほらほら、外はすぶすぶ」　と、うたうではないか。地面のなかはがらんどう、入口はせまいから安心ですという意味である。命はそこで　力まかせに大地をふむと　身ひとつ入るような穴があいた」

次のページには、燃える炎の真っ赤に塗られた下、とっくりのようなかたちの穴に入った大国主と鼠の姿が横から描かれている。

大国主の入るこの穴を、わたしはなぜか冥界に繋がるものと勘違いしていた。根之堅州《ネノカタス》国《クニ》とは妣《はは》の国、伊邪那美もいる黄泉の国だ。大国主はそこを目指して行き、須佐之男の屋敷もそこに建っているのであって、穴のあいている大地がそもそも黄泉の国の地面であったのだ。おむすびころりん、すっとんとん、外はすぶすぶ、ほーらほら、と鼠穴に落っこちて、顔をあげたら冥界、というわけではなかった。動物が導く、というのが、なんとなく異界への入り口のように感じられてしまうのだろうか。

しかしそのように誤解を解いてもなお、それらの穴は何かひとつに集約されていくような印象が残る。穴とはすなわち、天の岩戸の向かい側、それから黄泉の国、そして鼠の穴である。古事記に出てくるさまざまの穴だ。

ほかの二つはともかくとして、天の岩戸の向かい側は、天照が入っていく先である。だからそれを穴と見立てても、穴そのものの内はあかるくて、混沌や暗さとは真逆のはずだ。天の岩戸に入る、という動作が、こちら側を暗くするという表象を伴うために、同列のものと感じてしまうのだろうか。それともあるいは、たぶん。わたしたちの家の天の岩戸、あいの口のなかが、暗いからだろうか。

「ねえねえ、おかあしゃん、おかあしゃん」

布団に入って灯りを消してから、あいが妙に興奮気味に言う。おやすみ、とさっき言ったのに、すぐに寝るのを諦めて、お喋りをはじめてしまう。

「なあに」

「ね、ずうっと夜だったらは？」

だったらは、というのは、「……だったら（どうなる）？」という意味だ。何かを問うときには「……は？」と付けなければならないと思っているらしい。「これは？　これは？」と物の名前を四六時中問うていたころのくせが抜けないのだ。

「ずうっと夜だったら、どうなるかなあ」

「ずうっと寝てられる？」

保育園へは夫が連れていく。出勤時間に合わせるから、宵っ張りのあいはなかなか起きられない。

「寝てられるけど、寝てばっかりだと面白くないよ。お友だちにも会えないよ。それに暗くて寒いから、お野菜もお米も育たない。食べるものなくなっちゃう」

「じゃ、ずうっと朝だったらは？」

「ずうっと朝であかるかったら、眠れなくて、休めなくて、それもつらいと思うなあ」

ふうん、と一度は納得したらしいが、また、「おかあしゃん」と言う。

「ずうっと夜だったらは？」

しばらく考えて、思い当たる。「あまのいわと」の話をしているのか。

「なあに」

「そうだねえ、どうなるかなあ」

ずうっと夜、の世界のことを、わたしは考えてみた。暗くて寒くて食べものも実らない、とあいには言ってみたけれど、それは存外、悪くない世界だという気もした。事実、母なる伊邪那美は、そんな穴の世界にいまもいる。根の国、妣の国。母たちの国。

「あーしゃーぎ、こんこん。もーりに、かいじゅうはいて。おうちーに、はいろうとして」

あいが歌っている。自分で作った歌だった。兎がこんこんと啼いて、森には怪獣がいて家に入ってくる。そういう歌詞らしい。生まれては消えていく、あいの歌。あいのときどき作る、お話。原初の海に浮かぶ、泡みたいなもの。

布団の上をあちこち転がる気配がしばらくしていたが、やがて寝息が聞こえてきた。ずうっと夜だったらは、の答えを、聞かないままに眠ってしまった。どこからか漏れてくる薄いひかりが寝顔の造形を照らす。青っぽく、色はなく、かたちばかりがあるそれは、新生児のころと変わらないように見える。ふたつの細い線になった目蓋が、なんの屈託もなく左右に引かれている。口はあいている。天の岩戸があけっぱなしだ。わたしはそちらへ近づいた。

間近で見ると、あいの口のなかはとてもおおきく感じる。遠近法のわからないあいが、絵本を読みながら、近いものはおおきく、遠いものはちいさく描かれているのを訝《いぶか》っていたのを思い出す。あれー、おおきくなった、こんどはちいさくなったよ。ページをめくって不思議そうに何度も呟いていた。

でもそれが、ほんとうならば、とても近いものはとてもおおきい。あいの口がおおきくなったぶん、わたしの体はいま、とてもちいさい。

そのちいさな者が、ちいさな声で言う。

あまてらすさーん、いるんでしょ。とんとんとん。

ちいさなちいさな声になると、体もそれに見合うくらいにますますちいさくなった。そのぶんまたおおきくなったあいの、唇を、起こさないようそうっと越えてゆく。

隙間の多い前歯のあいだを抜けるときは苦労する。ぽってりとした舌の上を歩くと足を取られそうになる。

見あげると、穴があった。深くて底は見通せない。耳を澄ますと風の音がする。あの奥で、吹いているのだろうか。

わたしは右側へまわり、いちばん奥の下の歯に乗った。あいは頭を枕に載せていて、斜めながらも顔が縦になっている。下の歯から思い切り手を伸ばし、上の歯を摑まえた。勢いをつけて下半身を振り、同時に両腕にちからを込めて、右上奥歯に足を掛けた。頬の肉を少し蹴ってしまったので、あいが煩《うるさ》がって寝返りを打つ。

それがよかった。

かくんと頭を、枕に載せたまま後ろへ反り返った。口蓋の裏側にあるその穴がちょうど下方に来た。重力に任せて歩いてゆけば、穴の奥までゆくことができる。唾液で適度に湿っており、足を滑らせることもない。

内はほらほら、外はすぶすぶ。地面のなかはがらんどう、入口はせまいから安心です。

鼠の言った言葉通り、そこはほんとうにとても狭い。狭いから、安心だ。

わたしはそこに体をまるめる。ようやくひとりになって眠る。

引用文献　赤羽末吉絵、舟崎克彦文『日本の神話』全六巻（あかね書房）

著者略歴

大木芙沙子（おおき・ふさこ）
作家。一九八八年生まれ。二〇二二年「ふくらはぎ」が同人雑誌優秀作として「文學界」に転載。著書に『花を刺す』（惑星と口笛ブックス）。

石沢麻依（いしざわ・まい）
作家。一九八〇年生まれ。現在、ドイツ在住。二〇二一年「貝に続く場所にて」で第六十四回群像新人文学賞・第百六十五回芥川賞を受賞。著書に『月の三相』など。

沼田真佑（ぬまた・しんすけ）
作家。一九七八年生まれ。二〇一七年「影裏」で第百二十二回文學界新人賞・第百五十七回芥川賞を受賞。

高原英理（たかはら・えいり）
作家・文芸評論家。一九五九年生まれ。八五年第一回幻想文学新人賞、九六年第三十九回群像新人文学賞評論部門優秀作受賞。著書に『少女領域』『日々のきのこ』『祝福』など。

マーサ・ナカムラ
詩人。一九九〇年生まれ。二〇一八年『狸の匣』で第二十三回中原中也賞、二〇年『雨をよぶ灯台』で第二十八回萩原朔太郎賞を受賞。

坂崎かおる（さかさき・かおる）
作家。一九八四年生まれ。「リモート」で第一回かぐやSFコンテスト審査員特別賞、「嘘つき姫」で第四回百合文芸小説コンテスト大賞受賞。二〇二三年「渦とコリオリ」で第六回阿波しらさぎ文学賞受賞。

大濱普美子（おおはま・ふみこ）
作家。一九五八年生まれ。二〇二二年『陽だまりの果て』で第五十回泉鏡花文学賞を受賞。著書に『たけこのぞう』『十四番線上のハレルヤ』など。

吉村萬壱（よしむら・まんいち）
作家。一九六一年生まれ。二〇〇三年「ハリガネムシ」で第百二十九回芥川賞、一六年『臣女』で第二十二回島清恋愛文学賞を受賞。著書に『ボラード病』『死者にこそふさわしいその場所』など。

谷崎由依（たにざき・ゆい）
作家・翻訳家・近畿大学准教授。一九七八年生まれ。二〇一九年『鏡のなかのアジア』で芸術選奨文部科学大臣新人賞を受賞。著書に『囚われの島』『遠の眠りの』など。

初出

高原英理「ラサンドーハ手稿」
マーサ・ナカムラ「串」
大木芙沙子「うなぎ」
石沢麻依「マルギット・Kの鏡像」
沼田真佑「茶会」
坂崎かおる「いぬ」（「母の散歩」を改題）
大濱普美子「開花」
吉村萬壱「ニトロシンドローム」
谷崎由依「天の岩戸ごっこ」

すべて「文學界」二〇二三年五月号

ＤＴＰ制作　ローヤル企画

水都《すいと》眩光《げんこう》　幻想短篇《げんそうたんぺん》アンソロジー

二〇二三年九月三十日　第一刷発行

著　者　高原英理《たかはらえいり》　マーサ・ナカムラ　大木芙沙子《おおきふさこ》　石沢麻依《いしざわまい》
沼田真佑《ぬまたしんすけ》　坂崎《さかさき》かおる　大濱普美子《おおはまふみこ》　吉村萬壱《よしむらまんいち》　谷崎由依《たにざきゆい》

発行者　花田朋子
発行所　株式会社　文藝春秋
〒102-8008　東京都千代田区紀尾井町三—二三
電話　〇三—三二六五—一二一一
印刷所　大日本印刷
製本所　大口製本

Printed in Japan
ISBN978-4-16-391752-8

奇病庭園　川野芽生

老人の額から角が伸び、妊婦が翼を得て飛び立つ世界で、天から生み落とされた双子の運命が交錯する——新鋭が放つ幻想長編小説！